# OBSCURAS

Par

C.F.J. DUBUISSON

Editeur :

Corentin Dubuisson

Route de Gembloux, 13C boite 4

5310 Eghezée



ISBN : 978-2-8052-0586-6

Dépôt Légal : Novembre 2020

D/2020/Corentin Dubuisson, éditeur

Imprimé à la demande par Amazon

A ma mère, Marie-Anne,
qui partage cette passion pour les histoires
et qui fut la première à lire celles-ci.

# TABLE DES MATIÈRES

# REMERCIEMENTS

Ce recueil de nouvelles n'aurait jamais pu voir le jour sans la participation, la réflexion et le soutien de certaines personnes.

Je tiens donc à remercier tout particulièrement :

Marie-Anne, pour m'avoir encouragé durant toutes ces années à persévérer dans mes projets littéraires.

William Stein, pour cette superbe collaboration dans la création de cette couverture et les conseils prodigués.

Thérèse, pour le temps et le travail consacrés à la relecture.

# BLACK EYES

## 1986 – Durbuy

Le chant du coq annonça le début de cette journée d'automne, où la brume avait recouvert de son manteau la petite ville de Durbuy, connue pour être considérée comme la plus petite ville du Royaume.
Les rues, habituellement envahies par les touristes, étaient encore, pour la plupart, désertes.
Au n°6 de la Place aux Foires, la place principale de la petite ville, située à deux pas du château et de l'Ourthe, se tenait le Petit Café qui accueillait ses premiers clients. Parmi eux se trouvaient Emilie et Elliott, deux collègues gendarmes qui avaient pris l'habitude d'y déjeuner chaque matin, avant de démarrer leur journée.
Emilie était une jeune femme d'une trentaine d'années, mince, aux cheveux blonds qu'elle avait l'habitude d'attacher pendant son service. Quant à Elliott, il était dans la gendarmerie depuis deux ans seulement. À première vue, il n'avait pas le physique de l'emploi. Assez mince et très effilé, il était néanmoins un athlète hors pair.
Ce matin-là, Emilie mangeait très peu.

- Tu n'as pas touché à ton croissant. Tout va bien ? lui demanda Elliott.

La jeune femme posa son regard sur lui.

- Il y a quelque chose qui me trotte dans la tête depuis ce matin et je n'arrive pas à m'en défaire…

Elliott sentait qu'Emilie n'était pas très à l'aise.

- J'ai la nausée depuis deux jours et j'ai du retard dans mes règles… je… je crois que je suis enceinte.

Elliott s'arrêta aussitôt de manger et regarda sa collègue avec surprise. Elle semblait quelque peu… angoissée.

- Au vu de ton non verbal, j'imagine que ce n'était pas prévu ?!

Elle resta silencieuse mais répondit à la question par un signe de négation de la tête.

- Et ce serait une bonne ou une mauvaise nouvelle ?

- Franchement, je ne sais pas… lui répondit-elle en feignant un sourire. Ce serait une grosse surprise. Cela fait seulement deux mois que Tommy et moi sommes mariés et nous n'avions pas le projet d'avoir un bébé avant deux, voire trois ans.

Elliott sourit à sa collègue et lui prit la main pour la rassurer. Il était de ceux qui sont, par nature, très empathique. Il ne donnait jamais de conseil si ce n'était pas demandé et préférait toujours questionner son interlocuteur pour que ce dernier puisse trouver une solution par lui-même.

- Je comprends ton inquiétude. C'est tout à fait normal, lui dit-il d'une voix très douce en lui tenant la main pour tenter de la calmer. Tu comptes faire quoi ?
- Je crois que la meilleure chose à faire d'abord, c'est d'aller me procurer un test de grossesse à la pharmacie dès son ouverture. Ensuite on verra…
- Bonne idée ! Au moins tu en seras sûre, lui répondit-il en lui souriant.

En attendant que la pharmacie ouvre, Emilie se décida finalement à manger son croissant.

Quelques minutes plus tard, la jeune femme regarda sa montre et devina que l'établissement devait maintenant être ouvert.

- Tu m'attends ici ? Je n'en ai pas pour longtemps… demanda-t-elle à Elliott.
- Bien sûr, fais à ton aise. Nous ne commençons la journée que d'ici une demi-heure donc on a le temps, lui répondit-il.

La jeune femme se leva de table et sortit de la brasserie. Elle traversa la chaussée puis marcha quelques dizaines de mètres jusqu'au coin de la rue avant de disparaître.

Elliott ne pouvait s'empêcher de se demander ce que ça faisait d'être une femme dans cette situation.

Puis, il regarda par la fenêtre, aperçut les premiers passants qui marchaient ici et là dans la ville et s'imagina les raisons de leur présence en ville.

Soudain, un cri retentit dans la rue.
Elliott se leva aussitôt et se précipita dehors pour voir ce qu'il s'y tramait. Une vieille femme regardait avec effroi un jeune homme qui reposait à terre. Elle vit alors le jeune gendarme et courut vers lui.

- Monsieur le gendarme… cria-t-elle
- Je vous en prie Madame, calmez-vous ! lui répondit Elliott. Expliquez-moi ! Que se passe-t-il ?

Pendant ce temps, un passant d'une cinquantaine d'années, offusqué par l'attitude de la vieille femme, alla aider le jeune homme.

- Ça va Monsieur ?

Sa question fut sans réponse.

- Cette vieille femme devrait avoir honte ! ajouta le passant en regardant celle-ci en train discuter avec le gendarme. Sortir du magasin comme ça, sans regarder devant soi, c'est totalement discourtois.

Il ramassa la canne du jeune homme qui maintenait ses yeux fermés, se doutant alors qu'il devait être aveugle. En effet, la canne et les lunettes de soleil qui gisaient toujours sur le sol ressemblaient à celles des personnes malvoyantes.

- Je suis désolé mais vos lunettes sont cassées, dit-il en ramassant celles-ci et les tendant à son propriétaire.

Il n'eut en retour qu'un silence et fut assez surpris par ce manque de réaction.

- Vous êtes sûr que tout va bien ?

Le jeune homme se retourna alors, esquissant un léger rictus, les yeux grands ouverts.
Le passant laissa échapper à son tour un cri d'effroi et s'éloigna de quelques mètres.
De l'autre côté de la rue, Elliott les observait attentivement. Quand son regard croisa celui du jeune homme, son cœur s'arrêta net et une étrange peur se réveilla en lui.
Les yeux de l'individu étaient totalement noirs. C'était digne d'un film de science-fiction. Ils étaient d'une noirceur telle

que jamais Elliott, ni personne d'ailleurs, n'avait vu cela auparavant. Le blanc des yeux n'était même pas visible.
Un long silence s'installa brusquement dans la rue.
Le jeune gendarme prit son courage à deux mains, respira deux ou trois fois, puis prit la parole.

- Monsieur ? J'espère que la bousculade ne vous a pas blessé ?! … Aussi, j'aimerais m'entretenir avec vous si vous le voulez bien, dit-il en marchant en direction de l'individu.

Son intervention resta sans réponse.
Le mystère qui émanait de l'individu généra une tension perceptible par tous les habitants qui assistait à la scène. Plus personne n'osa faire ou dire quoi que ce soit, tandis que le Elliott s'approchait de lui.
Au bout de quelques secondes, ce dernier tourna le visage en direction du gendarme, le sourire aux lèvres.
Ce dernier, dont le sang s'était glacé à la vue des yeux noirs, sentait qu'il se passait quelque chose de pas net.
C'est alors que, l'individu aux yeux noirs se mis à courir à toutes jambes en direction du grand massif forestier se trouvant juste à l'arrière du Petit Café. Il courait incroyablement vite. Il dépassait la limite du possible.

- Eh attendez ! lui cria Elliott en se lançant à sa poursuite.

Lui qui détenait le record de vitesse de la brigade peinait même à maintenir la proximité avec le fuyard.
Après s'être arrêté et avoir regardé son poursuivant quelques mètres derrière lui, l'individu aux yeux noirs s'avança dans le massif forestier. Un peu plus loin, Elliott s'arrêta quelques secondes lui aussi pour reprendre son souffle. Il n'avait plus le temps de réfléchir. Après avoir repris sa respiration, il s'enfonça à son tour dans les profondeurs de la forêt.

Le grand massif forestier de Durbuy-Barvaux était le plus grand de la région, s'étendant sur plusieurs centaines d'hectares de part et d'autre de la ville et traversé par l'Ourthe en son cœur. Il était également connu pour y abriter une flore et faune très diverses dont des chevreuils, des sangliers, des blaireaux, des écureuils ou encore des renards. Des loups avaient même pu y être observés récemment.
Depuis quelques semaines, le feuillage des arbres avait pris des teintes jaunes, oranges et rouges. Il dansait et volait au fil du vent et retombait à même le sol, ce qui camouflait par la même occasion certains sentier. Il devenait donc difficile de se retrouver dans la forêt. C'est d'ailleurs la raison pour laquelle le jeune gendarme s'était égaré, toujours aussi décidé à retrouver ce mystérieux individu aux yeux noirs.
Cela faisait maintenant une bonne dizaine de minutes qu'il l'avait perdu de vue. Enfin, heureusement, lui, qui avait fait du scoutisme durant toute son enfance et adolescence, était familiarisé avec cette forêt et cherchait le moindre petit indice pouvant l'aider à retrouver sa piste.

- Bon sang, où te caches-tu ? marmonna-t-il.

Soudain, il entendit une branche craquer non loin de l'endroit où il se trouvait.
Il s'approcha lentement, un pas après l'autre, dans la plus grande discrétion.
Puis il s'accroupit et dégagea quelques branches d'un buisson pour voir ce qui se cachait derrière.
C'était bien lui. Il ressemblait à un animal à bout de souffle et se tenait au bord d'un ravin.
Elliott s'approcha alors en prenant ses précautions pour ne pas être vu.
Arrivé à proximité, il attendit le moment opportun, puis, se jeta sur l'individu.

- Ne bougez plus ! s'écria-t-il en l'agrippant par ses vêtements, tentant par cette manœuvre de le mettre à terre pour le neutraliser.

Malheureusement, l'individu aux yeux noirs était vif et se

débattait avec rage.
Leurs mouvements étaient rudes et ni l'un ni l'autre ne voulait abandonner, à tel point que les deux hommes glissèrent sur le flanc du ravin et finirent par tomber dans l'Ourthe qui coulait en contrebas et qui était quelque peu agitée suite aux pluies diluviennes des jours précédents.
Le courant était assez violent, si bien que lorsque Elliott fit surface, sa seule préoccupation fut d'essayer de rejoindre la berge plutôt que d'attraper l'homme qu'il poursuivait. D'ailleurs, il aurait été impossible pour Elliott de savoir où ce dernier avait bien pu atterrir. Pourtant, il était persuadé qu'il était tombé comme lui du ravin et aurait dû tomber dans la rivière, lui aussi.
La berge se trouvant à quelques brasses, le jeune gendarme lutta contre le courant pour la rejoindre. Il avait une peine de fou à se mouvoir tant le courant de la rivière était fort. De plus, sa course poursuite et son altercation quelques instants auparavant lui avait déjà valu des efforts considérables et le peu de force qui lui restait l'abandonnait peu à peu.
Heureusement, contre toute attente, il sentit quelque chose glisser dans sa main. Par réflexe, il l'agrippa immédiatement et devina rapidement qu'il s'agissait d'une racine. Il ne la lâcha pas et rassembla le peu de force qui lui restait pour rejoindre la berge.
Une fois sur place, il prit le temps nécessaire pour pouvoir récupérer.
Après avoir retrouvé son souffle, ses forces et son calme, Elliott se remit sur ses jambes et observa autour de lui.
« L'homme aux yeux noirs avait-il pu survivre ? S'était-il noyé ? Avait-il réussi à s'enfuir ? »
Toutes ces questions lui taraudaient l'esprit.
Soudain, quelque chose jaillit de l'eau.
Elliott n'en croyait pas ses yeux.
C'était lui. L'individu aux yeux noirs venait de faire un saut de près de huit mètres de haut avant de s'agripper aux branches d'un arbre qui se trouvait non loin de l'endroit où

se tenait Elliott.
Une peur effroyable s'empara du jeune gendarme.
« Comment avait-il pu rester aussi longtemps sous l'eau avec un courant aussi fort ? » se demanda-t-il. « Et, comment s'y était-il pris pour en sortir de cette façon ? »
Il l'ignorait totalement mais une chose était sûre, Elliott était maintenant envahi par la peur. Une peur qui vous glace le sang.
Son corps tremblait de toute part. Il ne pouvait plus bouger, complètement terrifié à l'idée de se remettre à la recherche de cet homme… ou plutôt de cette chose, ne pouvait-il s'empêcher de penser.
Après quelques secondes de réflexion, Elliott prit une décision, peut-être bien la meilleure de la journée.
C'était décidé, il abandonnait la poursuite de l'individu aux yeux noirs. A présent, son seul objectif était de retourner à Durbuy aussi rapidement que possible.
« Bon, il suffit que je remonte le lit de la rivière et j'arriverai à Durbuy », pensa-t-il.
Malheureusement, il se rendit rapidement compte que la berge n'était pas accessible partout.
Il dut donc se rendre à l'évidence et remonta le ravin tant bien que mal afin de retrouver les sentiers menant à Durbuy.
Mais il ignorait totalement où il était tombé. Les courants l'avaient emporté à quelques dizaines de mètres de là. Il avait donc complètement perdu ses points de repères.
Elliott courut ici et là pour retrouver son chemin, terrifié à l'idée de se retrouver à nouveau face à l'individu aux yeux noirs qui ne devait pas être loin. Finalement, il remarqua le buisson derrière lequel il s'était caché quelques minutes auparavant. Il ne devait donc pas se trouver très loin de la ville.
Puis, il remarqua autre chose de bien moins rassurant.
Le chant des oiseaux avait cessé et un silence inhabituel régnait désormais dans la forêt.
Son cœur s'emballa. Il savait pertinemment ce que cela

voulait dire. Quelqu'un ou quelque chose était tout près.
Un bruit retentit alors. Puis un second… C'est à ce moment-là qu'il la sentit, cette étrange sensation. Celle d'être observé. Pire, d'être traqué telle une proie.
Le jeune gendarme était terrifié. Il détacha son étui et posa sa main sur son arme de service. Lui qui était si près du but, voilà qu'il disjonctait sous l'angoisse d'être attaqué.
Un léger craquement de branche retentit derrière lui. Il dégaina son arme aussi vite que possible et la pointa en direction d'un monticule de buissons et d'arbres.
Le silence régnait toujours autour de lui. Il faisait calme, bien trop calme pour que ce soit normal. Il resta ainsi de longues secondes, immobile et sur ses gardes.
Finalement, il se ressaisit.
« Bon, du calme Elliott », se rassura-t-il. « On garde son sang-froid, la ville n'est plus très loin ».
Il rengaina son arme et après avoir observé une dernière fois les alentours, fit demi-tour et reprit sa marche vers Durbuy.
Mais dès l'instant où il fit demi-tour, l'individu aux yeux noirs surgit des feuillages et se rua sur le jeune gendarme.
Ses mouvements correspondaient plus à ceux d'un animal que d'un humain. Il courait les quatre membres à terre, tel un lion bondissant sur sa proie. Durant tout ce temps, il était bel et bien en train de traquer le gendarme, comme du vulgaire gibier, attendant le bon moment pour attaquer.
Elliott tenta de reprendre son arme de service mais c'était trop tard.
L'individu aux yeux noirs bondit sur lui et le frappa violemment à la tête.
Elliot fut projeté au sol avec une facilité déconcertante. Sous le choc, il sentit son agresseur l'empoigner puis l'assaillir de coups, plus violents les uns que les autres, si bien que rapidement, un voile rouge se posa sur le regard du jeune gendarme.
Ce dernier distinguait de moins en moins bien ce qui se trouvait autour de lui. Jamais il n'avait vu une fureur aussi

grande, que ce soit chez un être humain ou chez un animal.
L'individu aux yeux noirs ne cessait de le fixer. Son regard était tout ce qu'il y avait de plus sombre, comme s'il voulait venger la mort d'un être cher, pour autant qu'il en ait un. Lorsqu'il arrêta de l'assaillir de coups de poing, l'individu aux yeux noirs esquissa un léger sourire, laissant entrevoir de longues canines qu'il s'empressa de loger dans l'épaule de son adversaire. S'ensuivit un terrible cri de douleur qui retentit dans toute la forêt. Ce n'était plus des canines mais bien des crocs. Le sang coulait encore et encore.
Puis, comme s'il n'était pas rassasié, l'individu aux yeux noirs plaça ses mains autour du cou de sa proie.
Elliott sentit les mains de ce dernier l'étreindre d'une force telle qu'il ne pouvait plus du tout respirer. C'était incontestable, l'intention qui se cachait derrière cette étreinte était la mort.
Mais dès le moment où Elliott allait perdre connaissance, son assaillant s'arrêta à nouveau. Le jeune gendarme en profita pour essayer de reprendre son souffle tant bien que mal.
« Que se passe-t-il ? Que peut-il encore bien pouvoir manigancer ? » se demandait-il, déjà grièvement blessé.
Son agresseur se remit alors sur ses deux jambes et reprit inexplicablement un calme olympien.
C'était comme si un réalisateur de cinéma venait d'avoir crié « COUPEZ » car la prise qu'il venait de filmer était bonne et qu'il fallait maintenant passer à l'acte suivant.
Mais quand Elliott aperçut ce que son agresseur tenait dans ses mains, une grande désillusion s'empara rapidement de lui. L'acte final était sur le point d'avoir lieu, et cet acte était celui où le protagoniste devait mourir.
En effet, l'individu aux yeux noirs tenait fermement l'arme de service du jeune gendarme et la pointait sur ce dernier, lequel se mit alors à pleurer face au désespoir qui le submergeait.
Elliott ne pouvait en supporter davantage. Il ferma les yeux. Toute sa vie défila dans sa tête. Des souvenirs d'enfance, des

fous rires avec ses sœurs, …
Tous ces moments allaient maintenant disparaître avec lui…
Il le sentait, c'était la fin.

Ainsi, au cœur du grand massif forestier de Durbuy-Barvaux, en cette matinée d'automne 1986, un coup de feu retentit…

Le calme revenait peu à peu dans la forêt. Les oiseaux se remirent à chanter et les feuilles à danser au gré du vent. L'une d'elles tomba sur un corps gisant au sol, duquel coulait du sang et dont le seul mouvement, léger et quasi imperceptible, provenait de l'abdomen.
De l'air. De l'air entrait et sortait de ses poumons.
« Je suis toujours en vie ? » se demandait Elliott. « Comment est-ce possible ? J'ai pourtant bel et bien entendu ce coup de feu ».
Elliott entrouvrit légèrement les yeux. Devant lui, se tenait la cime des arbres, desquels tombaient des feuilles. Il pouvait même entendre l'Ourthe ruisseler au loin. Puis une douleur atroce se réveilla.
« Je suis bel et bien en vie », s'étonna-t-il, submergé par une joie intense.
Il tourna légèrement son visage sur le côté pour voir où se trouvait l'individu aux yeux noirs et, surtout, les raisons pour lesquelles ce dernier l'avait manqué. Il fut très surpris de le voir allongé juste à quelques centimètres de lui.
Ce dernier semblait grièvement blessé.
Dans un effort surhumain, et malgré la douleur incroyable qu'il ressentait, Elliott parvint à s'assoir, puis regarda le corps de l'homme qui gisait à ses côtés. Malgré sa vision troublée par le sang, il prit le temps de regarder tout autour de lui pour voir si quelque chose pouvait l'aider à comprendre ce qui venait de se produire.
C'est là qu'il l'aperçut.
Une silhouette se tenait debout au loin, une arme à la main.
Elliott comprit aussitôt que le coup de feu qui avait retentit, provenait de cette personne et que la balle avait été destinée à l'individu aux yeux noirs.
Elliott se nettoya le visage avec les manches de son uniforme.
La silhouette se précisa et Elliott reconnut le visage familier et apeuré de sa collègue, Emilie.
Il ne savait par quel miracle, mais elle l'avait retrouvé juste à temps et lui avait sauvé la vie.

Cependant, elle semblait tétanisée.
Alors qu'il tentait de se remettre debout, d'autres parties de son corps se réveillèrent, accompagnées d'une grande douleur.
Elliott comprit tout de suite qu'il avait sûrement les côtes cassées, si pas davantage.
Lorsque, finalement, il réussit à se remettre sur ses jambes, il s'approcha de l'individu aux yeux noirs.
Ce dernier le regardait, le visage pâle, les yeux noirs regardant dans le vide
Il semblait murmurer quelque chose.
Elliott rapprocha son oreille de la bouche de son agresseur.
S'ensuivit une longue expiration.
Elliott posa alors ses doigts sur le cou de l'individu pour pouvoir sentir son pouls.
Celui-ci venait de cesser de battre et ses yeux perdirent de leur noirceur.
Un cri retentit aussitôt, faisant sursauter Elliott.
Il s'agissait d'Emilie.
Son cri était horrible, à tel point qu'elle laissa tomber son arme de service au sol et s'effondra sur place, les mains sur son visage.
Une douleur semblait venir de ses yeux car elle avait posé ses mains sur ceux-ci et se tortillait sans cesse, comme s'ils la brûlaient.
Ses cris étaient insupportables à entendre
Elliott, qui venait à peine de reprendre ses esprits, ne comprenait à nouveau rien de ce qui était en train de se passer, mais c'était évident qu'il se passait quelque chose de grave.
« Il faut que j'aille voir ce qui se passe », se dit-il, en marchant difficilement jusqu'à elle.
Ses déplacements étaient très lents à cause des blessures que l'individu aux yeux noirs lui avait infligées.
Plus il avançait vers Emilie, plus les cris de celle-ci le terrorisaient.

De plus, le son qui sortait de sa bouche devenait de plus en plus… étrange, ou plutôt bestial.

- Emilie, tout va bien ? tenta-t-il de lui crier.

Malheureusement, sa gorge était encore très fortement endommagée suite à la strangulation subie quelques instants plus tôt.

Quand, finalement, il se retrouva à ses côtés, les cris d'Emilie cessèrent.

Elliott remarqua alors qu'elle semblait être à bout de souffle.

Elle était assise, immobile et son visage était caché par ses longs cheveux blonds.

Elliott s'accroupit alors près d'elle, voulant voir comment elle allait.

- Emilie, qu'est ce qui ne va pas ? lui demanda-t-il, en dégageant les cheveux de la jeune femme sur le côté.

Il vit rapidement que des larmes avaient coulé sur ses joues et les essuya alors en remontant jusqu'aux yeux, jusqu'à ce que le regard de la jeune femme croise le sien.

Soudain, son cœur s'arrêta et la peur s'empara de lui.

- Non … pas toi… murmura-t-il en s'éloignant peu à peu de la jeune femme.

Il semblait pris d'effroi. Tous ses membres tremblaient.

Il observa Emilie, sentant des larmes couler sur son propre visage.

La jeune femme ne cessait de regarder son collègue, sans dire un mot.

Elliott s'écarta d'elle, terrifié et envahi par l'incompréhension.

Puis, la jeune femme se releva. Elle regarda autour d'elle puis se tourna à nouveau vers Elliott et lui sourit.

Sans qu'Elliott ne s'y attende, la jeune femme se mit soudainement à courir à vive allure vers lui.

Elliott eut à peine le temps de se relever, qu'arrivé à sa hauteur, Emilie le bouscula avec une force telle qu'il fut projeté contre un tronc d'arbre et perdit connaissance.

Elliott se réveilla, commotionné, quelques heures plus tard. La nuit était tombée mais il ignorait depuis combien de temps.
Il regarda autour de lui pour voir si Emilie était toujours là. Mais force était de constater qu'elle avait bel et bien disparu.
« Qu'est-il arrivé bon sang ? » se demanda-t-il, en tentant de se relever, le dos meurtri.
En voulant s'appuyer sur ses mains pour se relever, l'une d'elles effleura un objet qui gisait au sol.

- Qu'est-ce que … ?

Il s'agissait d'un test de grossesse.
Puis le déclic eut lieu.

- Oh mon Dieu ! murmura Elliott.

Il le prit dans ses mains et l'examina de plus près.
- Deux barres... Ça veut dire quoi deux barres ? s'interrogea-t-il en observant l'objet.
Et tout en essayant de se rappeler ce que cela pouvait bien signifier, des murmures résonnèrent dans sa tête.

- *« On ne tue pas un Obscura... On le devient… »*

Il s'agissait là des dernières paroles de l'individu aux yeux noirs.

« Aujourd'hui encore, je pense souvent à Emilie. Ce jour-là fut la dernière fois que je la vis. Vous savez, aujourd'hui encore je me prends à douter de cette histoire. Je me pose sans cesse ces questions : a-t-elle vraiment existé ? Était-ce le produit de mon imagination ? Puis très vite, je retombe sur terre. Les souvenirs peuvent faire douter, oui. Mais les cicatrices, non. Et je les porte bel et bien ces cicatrices. Elles sont la seule preuve qu'il me reste sur l'existence de « cette chose » qui avait causé la transformation et la disparition d'Emilie. De quoi pouvait-il bien s'agir ? Je l'ignore toujours. D'où cela pouvait-il bien provenir ? Aucune idée. En existait-il d'autres ? Je n'en sais rien et, franchement, je ne veux pas le savoir. Et Emilie, qu'est-elle devenue ? Ça aussi je l'ignore. Quand je pense qu'elle venait de découvrir qu'elle était enceinte. C'est la chose la plus triste que j'ai vécue à ce jour. En tout cas, il y a une chose à propos d'Emilie qui me hantera pour le restant de ma vie.

Ses yeux…

Des yeux d'une noirceur, comme il n'en existe nulle part ailleurs. »

**FIN**

# BRUIT

**1926 – Ville de Burbank, Comté de Los Angeles (Californie)**
**Lettre du Directeur Général du studio de « La Warner Bros. », Harry Warner, à l'attention de son frère Sam.**

*Mon cher Sam,*

*Il y a un an de cela, tu m'as fait part de ton idée de rajouter du son aux films du studio. Comme tu le sais, j'y étais fortement opposé. Après tout, qui diable voudrait entendre des acteurs parler ?*

*Quoi qu'il en soit, le studio subit aujourd'hui un déficit de près de 333 413 $. Il faut donc absolument le remettre sur les rails. Cela devient notre seule et unique priorité. Toute solution, aussi farfelue soit-elle, est donc à prendre en considération pour autant qu'elle puisse nous sortir de ce pétrin.*

*C'est un pari risqué mais je prends aujourd'hui ton idée de rajouter du son aux films très au sérieux. J'y mets cependant une condition, que le son soit réservé exclusivement à la musique.*

*Je te laisse champ libre pour produire le film qui puisse relancer notre économie et assurer la viabilité de notre studio de La Warner Bros.*

*Ton frère,*

*Harry Warner*
*Directeur Général du studio de la Warner Bros.*

**Ville de Burbank, Comté de Los Angeles (Californie) Lettre du Producteur du studio de « La Warner Bros. », Sam Warner, à l'attention du scénariste-réalisateur, Alexander Crosland.**

*Mon cher Al,*

*Je crois savoir que vous passez actuellement vos vacances dans votre belle-famille, en Belgique. Malheureusement, je suis dans l'obligation de prendre de votre temps et de vous demander de vous remettre au travail dans les plus brefs délais.*

*Je viens de recevoir un courrier de la Direction Général du studio. La situation n'est pas très bonne, si bien que mon frère vient d'approuver notre idée de rajouter du son aux films, c'est dire. La seule condition exigée est que le son soit réservé exclusivement à la musique.*

*Il nous est demandé aujourd'hui de produire le premier film sonore de l'histoire du cinéma. Vous êtes le plus important scénariste-réalisateur disponible actuellement. Nous comptons sur votre talent pour nous aider à répondre à ce défi colossal. J'ai toute confiance en vous.*

*Je vous laisse donc le champ libre pour nous trouver une idée de film qui puisse refaire les beaux jours de La Warner Bros. et de nous inscrire dans l'Histoire du cinéma.*

*Au plaisir d'avoir de vos nouvelles dans les prochains jours.*

*Sam Warner*
*Producteur du studio de la Warner Bros.*

**Ville de Bruges, Belgique**

La lettre de Monsieur Warner me parvint quelques jours plus tard, en fin de journée. Suite à sa lecture, j'avertis ma femme de l'importance du défi à relever et, après avoir négocié avec elle, nous décidâmes qu'il était préférable pour moi de passer deux, trois jours hors de la maison familiale afin de m'isoler et ainsi de pouvoir me consacrer exclusivement à la tâche qui m'incombait. D'ailleurs, Monsieur Warner avait beaucoup de chance car j'avais pris la fâcheuse habitude, n'en déplaise à ma femme, de toujours garder avec moi ma sacoche de travail.

J'arrivai le soir même à l'auberge du « Saint-Sauveur », ce qui était, il faut l'avouer, assez ironique au vu des circonstances. L'auberge du Saint-Sauveur était reconnaissable par sa façade en brique rouge et son toit en forme d'escalier. Elle était située dans le centre médiéval de Bruges, à 500 mètres de la place du marché et du Beffroi.

Le propriétaire de l'auberge était un homme d'une cinquantaine d'années, petit et bien portant et semblait très à cheval sur la propreté, tant il inspectait encore et encore son plan de travail.

- Bonjour Monsieur, que puis-je pour vous ? me demanda-t-il en souriant.
- Bonjour, j'aimerais réserver une chambre pour deux nuits. Serait-ce possible ?

L'homme prit son registre et vérifia les réservations.

- Vous tombez mal, me répondit-il. Les réservations pour les deux grandes chambres prennent fin demain midi. Il me reste néanmoins la n°4 qui se trouve dans les combles mais…
- C'est parfait, je la prends, lui répondis-je aussitôt.
- Cependant, je me dois de vous avertir Monsieur. Certains de nos clients se sont plaints de bruits divers dans cette chambre.

- Que voulez-vous dire exactement ? demandai-je, alors intrigué.

Il ouvrit l'un des tiroirs qui se trouvait à proximité de lui et en ressortit un petit carnet, intitulé « Chambre n°4 ». Il l'ouvrit et je pus y deviner des gribouillages de notes. L'homme se mit alors à lire ce qui était écrit.

- Des gouttes d'eau… des gémissements… des bruits de pas… ce genre de choses, dit-il en refermant le carnet. J'ai eu beau vérifier la chambre à plusieurs reprises, je n'ai jamais pu entendre quoi que ce soit. De plus, l'isolation est excellente. Vous ne devriez normalement rien entendre du tout provenant des chambres voisines. Mais, suite à ces plaintes, je ne propose la n°4 que lorsque j'y suis contraint. Je préfère donc vous avertir, que vous puissiez décider en connaissance de cause.

Cette histoire de bruits mystérieux m'intriguait davantage que l'inconfort que cela pouvait générer.

- Merci beaucoup pour l'avertissement, lui répondis-je. Je vais tout de même la prendre, ajoutai-je en lui renvoyant son sourire.
- Très bien, dit-il en reposant son registre.

Il ouvrit son tiroir et en sortit un stylo.

- Votre nom ?
- Crosland, Alexander Crosland.

Il inscrivit mon nom sur le registre et me donna les clés, juste après avoir réglé la réservation.

- Très bien Monsieur, je vous souhaite la bienvenue au Saint-Sauveur. Nous pouvons vous préparer le petit-déjeuner ainsi que le repas du soir mais ce n'est pas compris dans le forfait. Désirez-vous les prendre ?
- Juste le petit déjeuner, merci.
- Très bien Monsieur, vous pourrez vous rendre au coin restaurant entre 07h00 et 08h00, me répondit-il toujours d'une très grande politesse et avec le sourire.

J'aimais ce personnage. Il semblait affectionner ce qu'il faisait et avait le chic pour accueillir comme il se devait ses clients.

Il ajouta une note à la suite de mon nom dans le registre. Puis, il me montra l'escalier.

- Votre chambre se trouve tout en haut. Arrivé au premier étage, vous prenez l'escalier en colimaçon du fond.
- Je vous remercie, lui répondis-je. Belle fin de soirée à vous.
- À vous aussi Monsieur, et bon séjour au Saint-Sauveur.

Je pris mon sac et montai la première volée d'escaliers qui m'amenait au premier étage, où deux portes donnaient sur deux chambres. Deux escaliers en colimaçon menaient vers les chambres situées dans les combles.

Comme convenu, je montai les marches de celui du fond et, au bout de quelques secondes, je parvins devant la porte de la fameuse chambre n°4.

Je sortis la clé que m'avait donnée l'aubergiste, l'insérai dans le trou de la serrure et ouvris la porte.

Rien qu'au premier regard, je tombai sous le charme de la chambre n°4. C'était tout ce dont je pouvais rêver pour un petit séjour comme celui-ci.

La charpente du toit, en bois de chêne massif, était visible et ajoutait un certain charme médiéval à la chambre.

L'espace « salle de bain », se trouvait directement sur la gauche en entrant. Il comportait une baignoire et un lavabo, et était isolé du reste de la chambre par un paravent en bois.

L'espace « chambre » suivait, avec un grand lit double. A droite se trouvait une petite armoire où je pouvais sans aucun doute déposer mes affaires. A côté d'une fenêtre donnant sur une magnifique vue de la ville, un bureau garnissait le mur du fond et sur lequel reposaient quelques livres, une lampe à huile et de quoi l'allumer.

J'appréciais la chambre. Je m'y sentis tout de suite à l'aise.

Le lit était très confortable et j'avais de quoi travailler tranquillement.

Mais bien vite, la fatigue me submergea. Il est vrai qu'il se faisait déjà tard et le lendemain, je devais impérativement

commencer à travailler sur le projet de Monsieur Warner.
Il était donc temps que j'aille dormir.
Je pris le temps de me rafraîchir le visage puis de me changer et m'enfonçai dans la chaude couverture de ce lit si confortable.
En quelques secondes, je sentis mon corps s'alourdir et mon esprit basculer dans les tréfonds d'un univers fantasmagorique.

Quand soudain…

- QUOI ??? QU'EST-CE-QUE C'EST ??? criai-je.

Je venais de me réveiller en sursaut.
Mon cœur battait la chamade.
Jamais, je n'avais été réveillé aussi brutalement.
Je regardai dans la pièce et tendis l'oreille.
Un silence de mort régnait dans la chambre. Pourtant, j'étais persuadé d'avoir entendu quelque chose.
J'attendis, mais rien ne se fit entendre.
« L'aurais-je rêvé ? » me demandai-je.
Je repris mon calme et m'allongeai sur mon lit.

Au bout de quelques secondes, la fatigue me submergea de nouveau et je plongeai dans les bras de Morphée.

**Auberge du « Saint-Sauveur » - Chambre n°4 - JOUR 1**

Malgré ce réveil inexpliqué, ma première nuit à l'auberge du Saint-Sauveur fut assez bonne. Et bien que la chambre se situait dans les combles, il ne faisait pas trop chaud. D'autant plus que le temps se faisait de plus en plus estival.
Après m'être débarbouillé et habillé, j'ouvris la fenêtre de la chambre puis m'installai sur la chaise du bureau. Je sortis alors de ma sacoche quelques écrits et livres sur lesquels j'avais déjà commencé à travailler quelques mois auparavant, lorsque Sam Warner m'avait contacté pour la première fois au sujet de son idée de produire des films parlants.
Il ne restait plus qu'à trouver l'inspiration.
Les mots de la lettre de Sam Warner me revinrent à l'esprit et je les écrivis sur un papier que j'accrochai au mur derrière le bureau, à hauteur des yeux :

*« Objectif Warner Bros. :*
*Premier film sonore de l'histoire du cinéma*
*Exigence thématique : Champ libre*
*Seule condition exigée : son réservé exclusivement à la musique »*

Je soulignai à plusieurs reprise les mots « film sonore » et « musique »

- Quelle pression, murmurai-je.

Je repris devant moi mes notes et les parcourus une à une. Peut-être y avais-je écrit quelque chose d'intéressant.
Mais bientôt, l'odeur du pain chaud et du café se fit sentir. La femme du propriétaire devait sans doute préparer le petit déjeuner.
Je regardai ma montre Gousset à l'intérieur de laquelle était collée la photo de ma femme. Elle affichait 7h03.
Il était temps de descendre prendre le petit déjeuner.
Après avoir fermé la fenêtre, je quittai la chambre en prenant bien soin de fermer la porte à clé et descendis les deux volées d'escalier pour me rendre dans le coin restaurant de l'auberge.

L'aubergiste me salua, toujours avec un grand sourire.

- Bonjour Monsieur, comment s'est passée votre première nuit ?
- Bien merci.
- Des bruits quelconques ?

J'évitai de lui parler de mon réveil soudain et lui répondis que rien ne m'avait paru être dérangeant.

- Vous m'en voyez ravi, me répondit-il. Vous pouvez vous installer, je vous apporte votre petit déjeuner dans une minute.
- Merci.

J'allai m'installer à une table se trouvant juste à côté d'une fenêtre donnant directement sur la rue.

La table était très soignée et bientôt, l'aubergiste arriva avec un plateau. Sur celui-ci reposaient deux croissants, ainsi que deux pains au chocolat, une pomme, un verre de jus d'orange et une tasse de café.

- Ça c'est du petit déjeuner ! lui répondis-je en souriant.
- S'il vous faut quelque chose d'autre, n'hésitez pas, dit-il avant de repartir.

Tout en savourant mes viennoiseries, je regardai par la fenêtre et aperçus, à quelques mètres de là, un homme dont les vêtements semblaient rongés par les mites. Ce dernier s'installa sur le trottoir d'en face et commença à chantonner. Je trouvais qu'il avait un joli timbre de voix pour une personne de sa condition.

Je continuai à déjeuner tout en écoutant ce chanteur de rue.

C'est alors qu'un souvenir me vint à l'esprit. En effet, ce moment de calme et de musique me fit penser à mon voyage de noce que Margaret et moi avions passé à la Nouvelle-Orléans en 1918. Nous étions âgés de vingt-quatre ans à l'époque. Il faut savoir que chaque matin, dans les rues de la Nouvelle-Orléans, des petits groupes de musiciens de jazz jouaient de leurs instruments.

Je me redressai brusquement.

Une idée lumineuse venait de me traverser l'esprit.

- Du Jazz ! m'écriai-je.

Ni une, ni deux, je réglai l'addition et remontai à l'étage en si peu de temps qu'il n'en fallait pour le dire.

Arrivé dans ma chambre, je pris une feuille de papier et un crayon et écrivis tout ce dont je me rappelais à propos de mes souvenirs de la Nouvelle-Orléans. Je me rappelai notamment la fois où nous étions rentrés dans ce pub et où nous avions eu l'immense plaisir de découvrir l'un des orchestres les plus populaires de la région. Celui-ci était dirigé par un certain Kid Ory et était composé de nombreux grands musiciens dont le cornettiste King Oliver, les clarinettistes Johnny Dodds et Jimmie Noone et enfin, les trompettistes Mutt Carey et Louis Armstrong.

Entendre leur musique fut l'un des moments les plus extraordinaires qu'il m'ait été permis de vivre. L'émotion que ce groupe de grands artistes dégageait était telle que, ce jour-là, je suis tombé amoureux du jazz.

J'esquissai un large sourire.

« Pourquoi donc n'y avais-je pas pensé avant ? » me dis-je en riant de moi-même.

Puis, mes yeux tombèrent sur l'un des ouvrages que j'avais déposé sur le coin du bureau quelques minutes auparavant. Ce dernier s'intitulait « The Day of Atonement », écrit par Samson Raphaelson et publié en 1921, qui parlait justement de jazz.

« L'avais-je déjà lu ? ». Je ne m'en rappelais guère.

Cependant, en ouvrant le livre, je constatai qu'il ne faisait que vingt-neuf pages, ce qui m'amena à me plonger, ou me replonger, dans sa lecture.

Le calme régnait dans la pièce et je pus aisément apprécier la lecture des premières pages de l'ouvrage.

C'est alors que…

… un gros claquement retentit dans la pièce, me faisant sursauter et accélérant de façon exponentielle mon rythme

cardiaque.
Après avoir lancé un ou deux jurons, je me levai pour fermer la fenêtre quand, arrivé devant celle-ci, je remarquai qu'elle était déjà fermée.
Effectivement, je me souvenais très bien l'avoir fermée avant de sortir de la chambre pour aller prendre mon petit déjeuner.
« Mais alors, d'où pouvait donc bien provenir ce bruit ? »
Je me retournai pour voir si ce n'était pas le paravent qui était tombé mais il n'avait pas bougé d'un pouce.
« S'agit-il peut-être de la fenêtre de mon voisin de chambre ? » m'interrogeai-je.
Dubitatif, je m'installai à nouveau sur ma chaise et repris ma lecture de « The Day of Atonement ».

Mais bientôt…

… un second claquement, beaucoup plus fort que la première fois, retentit à nouveau dans la pièce.

- BON SANG ! C'EST POSSIBLE DE LIRE TRANQUILLEMENT ? hurlai-je alors en direction du mur.

Car s'il y avait bien une vertu sur laquelle je devais encore énormément travailler, c'était la patience.
Et il ne fallut pas longtemps pour que le claquement retentisse une troisième fois, provoquant chez moi une grosse montée de colère.
Énervé, je déposai le livre sur le bureau, sortis de la chambre, descendis les escaliers en colimaçon, traversai le couloir du premier étage et montai les marches de l'autre escalier en colimaçon m'amenant devant la chambre n°3.
TOC TOC TOC
J'attendis quelques instants mais rien ne semblait bouger derrière la porte.

- C'est votre voisin ! J'aimerais vous dire deux mots, dis-je alors d'un ton sec.

Mais la porte resta fermée.
TOC TOC TOC

- Ouvrez-moi, s'il-vous plaît.

Une voix, provenant du premier étage s'exclama alors.

- Je suis navré Monsieur Crosland mais Monsieur a libéré la chambre très tôt ce matin. Je suis justement venu la nettoyer. Puis-je vous aider ?

Je fus déconcerté.

- Non… Merci ! Tout va bien ! lui répondis-je en essayant de rester le plus calme possible, tout en redescendant les escaliers.

Je retournai dans ma chambre.
C'est alors que je me rappelai les paroles de l'aubergiste lors de mon arrivée, la veille : *« Certains de nos clients se sont plaints de bruits divers dans cette chambre, et ne sont pas restés plus d'une journée … L'isolation est excellente. Vous ne devriez normalement rien entendre du tout provenant des chambres voisines »*.

- Etrange, en effet… dis-je alors, quelque peu inquiet de ce mystérieux phénomène.

Je m'avançai lentement vers la fenêtre.
Arrivé devant celle-ci, je passai mes mains sur la vitre, tout en examinant les rebords. Elle était belle et bien fermée.
Je la rouvris et passa ma tête à l'extérieur pour voir si celle de la chambre voisine, la n°3, était ouverte. Après tout, le voisin avait peut-être oublié de refermer sa fenêtre avant de quitter les lieux, pensai-je.
Malheureusement, elle n'était pas visible et bien que cette hypothèse me parût des plus plausibles, je n'étais pas très à l'aise.
Il fallait que j'en aie le cœur net.
Cette fois-ci, je laissai la fenêtre ouverte en prenant bien soin de ranger les feuilles, qui gisaient de manière désordonnée sur le bureau, à l'intérieur de ma sacoche et retournai devant la chambre numéro 3.
Toc toc toc

- Excusez-moi ? demandai-je alors à l'aubergiste qui

nettoyait la chambre. Puis-je vous poser une question ?

- Bien sûr, je vous en prie, me répondit-il avec le sourire.

L'homme avait toujours l'air de bonne humeur.

- Voilà, je me demandais... commençai-je, me rendant compte, sur le moment, que je n'avais pas particulièrement envie de connaître la réponse à ma question. La fenêtre... pouvez-vous me dire si elle était ouverte avant votre entrée dans la chambre ?
- La fenêtre ?! Non, elle était bien fermée, me répondit-il. Je l'ai ouverte moi-même juste après être rentré dans la chambre. Une vieille habitude, ajouta-t-il en rigolant.

La colère qui s'était manifestée quelques minutes auparavant s'estompa d'un coup laissant place à de l'incompréhension.

- M... merci, lui répondis-je en reprenant mon chemin en direction de ma chambre, tandis qu'une sensation bizarre grandissait au niveau de mon bas-ventre, sensation que j'avais déjà ressentie à maintes reprises dans le cadre de mon travail.

Plus j'avançai vers ma chambre, plus le stress m'envahissait grandissait de plus belle.

Lorsque je franchis à nouveau la porte, la fenêtre était toujours ouverte et un silence de mort régnait dans la pièce.

« Mais bon sang ! » me demandai-je. « Ce bruit était pourtant bien réel. S'il ne venait pas de la chambre n°3, alors d'où pouvait-il bien provenir ? Des bruits dans la chambre n°4, d'accord. Des gouttes d'eau, des craquements, c'est normal. Mais ça, c'était tout bonnement incompréhensible ».

Je finis par me défaire de l'idée d'expliquer ces bruits de claquement pour me remettre au plus vite au travail et repris la lecture de « The Day of Atonement ».

C'est avec grande satisfaction que je le terminai quelques minutes plus tard, sans être interrompu cette fois.

L'histoire correspondait tout à fait à mes attentes et je me lançai alors dans sa réadaptation scénaristique.

Je terminai le premier jet en toute fin de journée, ayant même oublié de manger à midi, c'est dire si je prenais ce travail très au sérieux. Mais après tout ce temps sans avaler quoi que ce soit, la faim était maintenant bien présente.
Ainsi, après avoir rangé mes affaires, fermé la fenêtre et la porte de ma chambre, je décidai de sortir et prendre le temps de visiter la ville que je connaissais si peu.
J'avais lu quelque part que Bruges était appelée « la Venise du Nord », car son centre-ville était entouré de canaux, rappelant ceux de la célèbre ville italienne.
Mais Bruges me réservait bien d'autres charmes. Notamment ses voies pavées, ses porches voûtés en briques, ses églises en pierre et ses ponts au charme centenaire qui faisaient la joie des riverains, et surtout la mienne.
Je fus particulièrement surpris d'apprendre par exemple, qu'il fallait gravir pas moins de 366 marches pour atteindre la terrasse du Beffroi et ses 47 cloches.
En continuant à marcher, je découvris également le Burg, qui est, selon moi, l'une des plus belles places de la ville, où j'ai pu admirer la diversité architecturale de ses monuments, tels que l'Hôtel de Ville, joyau du gothique flamand du XIVe siècle, la basilique romane du Saint-Sang, l'ancien Greffe civil de la Renaissance flamande, le Doyenné baroque et l'ancien tribunal néo-classique.
Bruges valait vraiment la peine d'être visitée mais, malheureusement, la nuit tombait et il était grand temps pour moi de reprendre le chemin du retour vers l'auberge.

- Bonsoir, dis-je en m'adressant à l'aubergiste, occupé à ranger des livres qui reposaient sur une table du salon.
- Bonsoir Monsieur Crosland, me répondit-il en me renvoyant son sourire devenu si familier. Comment s'est passée votre balade en ville ?
- Excellente, je vous remercie, lui dis-je en prenant la direction de l'escalier.

Puis, une réflexion me vînt.
Je me retournai à nouveau vers l'aubergiste.

- Excusez-moi, pouvez-vous me dire si la chambre numéro 3 est occupée ?
- Non, il n'y a personne jusqu'à demain matin 10h. Y-a-t-il un problème avec la vôtre ?
- Non, du tout, dis-je alors, soulagé de pouvoir passer une bonne nuit sans être réveillé par ce bruit de claquement.

Après m'être débarbouillé et changé, je m'allongeai sur le lit tout en faisant le point sur ma journée. Celle-ci avait été bien productive et j'imaginais aisément que mon travail d'écriture, du moins le squelette du scénario, devait prendre fin le lendemain. J'enverrai ensuite mon manuscrit à la Warner, avant de rejoindre la Californie cinq jours plus tard.
Mon regard s'éternisa ensuite sur la fenêtre et je ne pus m'empêcher de me demander ce qui pouvait bien avoir été à l'origine de ces bruits de claquement.
J'éteignis ensuite la lumière, plongeant la chambre dans le noir le plus total, et fermai les yeux…

… jusqu'à ce que…

… des gémissements s'élèvent doucement.
A y prêter plus d'attention, je devinai qu'il s'agissait de gémissement de plaisir.
- Ce n'est pas vrai… dis-je alors en rigolant nerveusement.

Il devait être passé minuit.
Je pris l'oreiller et le plaçai contre mes oreilles, permettant ainsi de camoufler ces bruits qui m'empêchaient de dormir.
Mais les gémissements s'intensifiaient au fur et à mesure que les secondes s'écoulaient et bientôt, le coussin ne suffit plus à les camoufler.
Je me levai alors et, dans le noir le plus total, m'avançai vers le mur voisin de ma chambre où je frappai quelques coups pour faire comprendre aux deux amoureux concernés que

j'étais là et que j'entendais leurs ébats.
Soudain, je fus pris d'une angoisse, me rappelant qu'il n'y avait personne dans la chambre voisine.
Pourtant, cela ne faisait aucun doute. Ces bruits semblaient bel et bien provenir de la chambre voisine.
Puis, sans explication aucune, l'origine de ces gémissements de plaisir se déplaça.
A présent, ils semblaient provenir de la chambre qui se trouvait en dessous de la mienne.
Les bruits de gémissement s'intensifièrent davantage, faisant bientôt place à de véritables cris de plaisir.
Mon cœur s'emballait de plus en plus.
Je n'étais pas excité par ces bruits mais bien terrifié par ce qui était en train de se passer.
D'un coup, les cris cessèrent.
Je reculai lentement en regardant le sol puis trébuchai sur la petite table de chevet qui reposait à proximité du lit, m'étalant de tout mon long sur le sol.
Soudain un grand fracas provenant de la fenêtre retentit alors comme si celle-ci venait à l'instant d'exploser.
Avec l'obscurité de la nuit qui avait recouvert la chambre, je ne pouvais voir si la fenêtre était bel et bien cassée.
Pourtant, j'entendais distinctement le vent s'engouffrer dans la chambre, bien que la sensation de celui-ci contre ma peau fût totalement absente.
Complètement confus, je me levai en tâtonnant des pieds autour de moi pour trouver mes pantoufles.
Quand cela fut fait, je m'avançai lentement en tâtonnant toujours le sol avec les pieds, prenant ainsi la précaution de ne pas marcher sur d'éventuels bris de verre reposant à terre.
Soudain, je m'arrêtai.
Je venais d'entendre justement ce bruit inquiétant des débris sous mes pieds. Toutefois, je ne les sentis pas.
Mon regard se posa lentement sur mes pantoufles que je soulevai délicatement. Mais curieusement, il n'y avait rien du tout, si ce n'est le bruit de ces bris de verre germant au rythme

de mes mouvements.
Je redéposai le pied à terre et m'avançai alors vers la fenêtre. Le silence s'installa à nouveau dans la chambre. Un silence inhabituel, des plus déplaisants.
Quelque chose d'étrange se produisait.
J'apposai mes mains sur la fenêtre. Elle semblait intacte. Je frappai délicatement sur celle-ci pour en être sûr. Mais bizarrement, absolument rien ne se fit entendre. Je recommençai, mais à nouveau, aucun bruit n'en ressortait. Je remarquai alors que le bruit de ma propre respiration n'était plus audible. Je tentai alors de parler… mais, là non plus, rien ne sortait de ma bouche. Les bruits, quels qu'ils soient, venaient subitement de cesser d'exister.
Mon angoisse s'intensifia. Des larmes coulaient sur mes joues.
« Pour l'amour de Dieu, que peut-il bien se passer, ici ? » me disais-je intérieurement.
C'était comme si le son avait été absorbé par le néant. Pris d'effroi, je criai alors de toutes mes forces.
Puis, sans crier gare, le son se manifesta à nouveau et mon cri retentit dans toute la chambre. Le son, qui n'était alors plus audible depuis plusieurs secondes, me sembla subitement plus fort que jamais.

Et c'est là que je l'entendis…

Ce fut comme un léger éclat de rire qu'on essayait de camoufler.
Quelqu'un frappa à la porte.

- Monsieur Crosland ! Tout va bien ? s'écria l'aubergiste, d'une voix très inquiète.
- Je… Oui … Un cauchemar… lui répondis-je de manière peu convaincante par l'inquiétude perceptible dans ma voix, ne sachant d'ailleurs pas si mon interlocuteur se tenait réellement derrière la porte de ma chambre ou non.

- Vous nous avez fait une peur bleue, vous savez, ajouta l'aubergiste.

Mon corps tremblait de toute part et des gouttes de sueurs perlaient sur mon visage.

- Je… Je suis navré, répondis-je tout en me relevant, tentant de reprendre mes esprits.
- Très bien… Bonne nuit à vous, me répondit l'aubergiste.

J'entendis l'aubergiste redescendre et discuter avec quelqu'un dans le couloir du premier étage avant que des portes ne claquent et qu'un silence des plus normaux reprenne ses droits.

Je restai figé un instant, debout devant la fenêtre, l'obscurité régnant toujours en maître dans ma chambre.

Quelqu'un ou quelque chose était là. J'en étais sûr, je le sentais…

Puis, il se manifesta une nouvelle fois. Un fou rire léger qu'on tentait de taire.

Je ne le voyais pas mais, pour la première fois, je pouvais ressentir sa présence.

Quelque chose… là… près de mon lit, tentait de camoufler un fou rire.

Une pensée me traversa alors l'esprit.

Ces bruits que j'entendais depuis deux jours sans jamais savoir ce qui les produisait. Maintenant cette chose qui rigolait.

« Se pouvait-il qu'elle en soit à l'origine ? Mais de quoi pouvait-il bien s'agir ? Un esprit ? Un fantôme ? Un imitateur invisible ? »

Je devais sûrement devenir fou pour oser penser des choses pareilles.

Terrifié, je m'assis sur place, contre le mur du fond de ma chambre, les jambes recroquevillées contre ma poitrine et j'attendis.

Les heures passèrent sans que je ne bouge d'un pouce, incapable de me rendormir, mon regard fixé vers mon lit.

Dès la première lueur du jour, je me relevai, déversai l'entièreté de mon matériel se trouvant sur mon bureau dans ma sacoche, repris mes vêtements et autres affaires personnelles dans mon sac et me dirigeai vers la porte.
J'ouvris celle-ci, m'avançai dans le couloir, regardai une dernière fois à l'intérieur de cette fameuse chambre n°4 et de son mystérieux je ne sais quoi, puis refermai la porte derrière moi et quittai l'auberge en toute discrétion, avec pour seul objectif de retrouver ma femme.

Je la retrouvai bien plus tard, en train de bronzer dans le jardin de la maison familiale. Je m'empressai de la rejoindre et la serrer contre moi.

- Eh bien, quel accueil ! s'étonna-t-elle en m'embrassant.

Je lui souris et l'embrassai à mon tour.

- Quelque chose ne va pas ? me répondit-elle. Tu as les traits tirés. Tu n'as pas dormi ?
- Non, je t'expliquerai.
- Tu travailles trop, me répondit-elle en souriant. Je m'occupe de tes affaires, monte dans la chambre te reposer.

Je ne manquai pas de suivre son conseil.

## Ville de Burbank, Comté de Los Angeles (Californie)

Quelques jours plus tard, nous étions de retour chez nous, à Burbank, dans notre bel et fleurissant Etat de Californie.
Tandis que ma femme allait rendre visite à la voisine, qui s'était gentiment proposée de s'occuper de nos deux chats en notre absence, Pirouette et Attila, âgés respectivement de quatre et six ans, je montai nos affaires dans notre chambre.
Je fus tellement heureux de retrouver mon grand bureau, sur lequel je déposai mon manuscrit du « Chanteur de Jazz », lequel devait atterrir au plus vite sur le bureau de Monsieur Warner.
Puis, mon regard se fixa sur le lit et au fond de moi, je ne pouvais m'empêcher de plaindre le futur locataire de cette mystérieuse chambre n°4 de l'auberge du Saint-Sauveur de Bruges et de ces bruits infernaux, ne pouvant toujours pas expliquer exactement ce qui en était l'origine.
Je tournai la tête et mon regard se posa à nouveau sur le manuscrit déposé sur mon bureau.
Je pris alors conscience, à cet instant précis, de toute l'importance que le sonore pouvait apporter au cinéma en termes d'émotions.
Que ce soit par les cris de colère, les pleurs de tristesse, les joies du plaisir ou l'atmosphère créée par la musique.
Oui, il s'agissait bien plus que d'un simple manuscrit.
Il s'agissait là du manuscrit du premier film sonore de l'histoire du cinéma et il était évident pour moi maintenant que le sonore ouvrait grand les portes à l'émotionnel et pouvait apporter des possibilités immenses au monde du septième art.
Quoi qu'il en soit, ce séjour à Bruges m'avait apporté beaucoup plus que ce que je n'aurais imaginé, aussi désagréable cela avait-il pu se passer. Heureusement pour moi, c'était dorénavant de l'histoire ancienne.
Je descendis dans le salon, mon manuscrit sous le bras, prêt à partir pour le studio, lorsqu'on frappa à la porte.

Je m'avançai donc vers la porte d'entrée et au moment même où ma main se posa sur la poignée, une anxiété se manifesta en moi.
L'espace d'une seconde, je jurai avoir entendu …

… un léger ricanement étouffé.

**FIN**

---

**« Le Chanteur de jazz » fit sensation dès sa sortie dans les salles et permit à la « Warner Bros. » de réussir son pari, marquant ainsi le début de l'ère du cinéma sonore et la fin de celle du muet.**

**Grâce au succès du film de Crosland, le studio de la « Warner Bros. » annonça un bénéfice de 3 800 000 $ pour l'année 1927.**

**Quelques mois plus tard, avec la réussite d'autres films sonores, la « Warner Bros. » devint l'un des principaux studios hollywoodiens et, après l'acquisition de la « First National Pictures », se rebaptisa :**

**« Warner Bros. Studios »**

---

# NIGHTMARE

**1995 – Maison de la famille Lenteric, Rixensart.**

Les premières lueurs matinales faisaient timidement leur apparition en cette matinée du 13 mars 1995.
Le calme régnait dans la maison de la famille Lenteric.
Monsieur Lenteric et sa tendre femme dormaient encore paisiblement. Dans la chambre voisine, la petite Anna, âgée de cinq ans était plongée dans un profond sommeil, pouce en bouche et doudou collé-serré contre elle.
Plus loin, située au bout du couloir, se trouvait la chambre du fils aîné, Jim, âgé de treize ans. La pièce était relativement bien ordonnée pour un adolescent de son âge.
Le jeune garçon avait disposé son lit de manière à ce qu'il se trouve contre le mur se trouvant à l'opposé de sa fenêtre, qui elle, donnait sur une terrasse.
Dans son lit, le jeune Jim peinait à trouver le sommeil.
Cela faisait maintenant quatre jours qu'il ne dormait pas la nuit.
Ce matin-là, il semblait très nerveux et paraissait lutter pour ne pas s'endormir. Son visage était crispé et des gouttes perlaient sur son front. Son corps était d'une raideur inhabituelle.
Ses yeux se fermèrent finalement. Son visage se relâcha.
Au bout de quelques minutes, un tic apparut sur son visage.
Ses muscles se raidirent à nouveau.
Cela ne faisait que quelques minutes que le jeune adolescent s'était endormi quand, brusquement, il se releva, poussant un cri d'effroi en virevoltant ses bras de gauche à droite comme pour se dégager de quelque chose.
Il regarda autour de lui, le cœur battant la chamade, semblant vouloir porter son regard sur quelque chose ou quelqu'un.
Mais il n'y avait strictement rien, ni personne qui pouvait justifier une telle réaction.

- J'en peux plus… murmura-t-il alors d'un air dépité, les larmes aux yeux.

Des bruits de pas se firent entendre dans le couloir avant que

la porte de la chambre de Jim ne s'ouvre.
Sa mère venait d'y entrer.

- Encore ce cauchemar ? lui demanda-t-elle, en venant s'assoir sur son lit et caressant son visage humide.
- Oui… j'en peux plus maman… dit-il en plongeant dans les bras de sa mère et pleurant à chaudes larmes.
- Je vais prendre rendez-vous chez un psychothérapeute. Cela ne peut plus durer, on est d'accord ? lui demanda-t-elle.

Le jeune garçon acquiesça.

**Le lendemain matin - Collège Notre-Dame de Basse-Wavre**

Dans la classe de 2ème E, la professeure d'anglais, Madame Clearbout, également titulaire de la classe, était sur le point de terminer son cours.
Assis à la première table de la troisième rangée, se trouvait Jim. Les coudes sur la table, sa tête reposant sur ses mains, il semblait lutter contre une lourde fatigue qui le submergeait de plus en plus.
Finalement, au bout de quelques minutes à résister, cette fatigue prit le dessus. Ses paupières s'alourdirent et son esprit bascula profondément…

> … *Jusqu'à atterrir dans sa chambre.*
> *La nuit était tombée et il y faisait sombre.*
> *Jim était allongé dans son lit lorsqu'il vit, de l'autre côté de sa fenêtre, une silhouette le regarder.*
> *Brusquement, son corps se raidit et Jim ne put bientôt plus bouger d'un centimètre.*
> *Il aperçut alors la silhouette ouvrir sa porte-fenêtre et entrer dans sa chambre.*
> *L'inquiétude du début laissa place à l'anxiété.*
> *« Qui était-ce ? Que vient-il faire chez moi ? » se demandait Jim.*
> *La silhouette courut alors vers Jim et bondit sur lui.*

- JIM ! cria Madame Clearbout.

Jim sursauta, se réveillant brusquement pile au moment où, dans son rêve, la silhouette était sur le point de l'agripper.
C'était la toute première fois qu'il s'endormait comme ça en plein cours.

- Excusez-moi madame… Je…

Il fut aussitôt interrompu par Madame Clearbout

- Je suis ravie de voir que mes cours t'intéressent à ce point, lui dit-elle en le fustigeant du regard. Ton journal de classe s'il-te-plait, lui demanda-t-elle.

Jim lui apporta son journal de classe comme demandé et revint à sa place au moment où la cloche retentissait, annonçant la fin du cours.

Tandis que les élèves échangeaient quelques mots tout en rangeant leurs affaires, la professeure d'anglais s'approcha de Jim.

- C'est ta quatrième remarque en une semaine, je me dois donc de te coller deux heures, l'informa-t-elle à regret, lui qui était un des plus brillants et des plus polis parmi les élèves de la classe.

Jim ne sembla pas affecté par cette nouvelle.

- Tu agis de manière incorrecte depuis une semaine, lui dit-elle d'une voix douce.

Elle regarda les remarques précédentes du journal de classe du jeune garçon.

- Exclusion avant-hier pour t'être là aussi assoupi. Excès de colère inexpliqué à ton cours de mathématique. Et hier, à nouveau, tu t'es affalé sur ton banc au cours de religion.

Jim ne répondit rien mais Madame Clearbout voyait bien qu'il n'était pas dans son état habituel.

Elle s'accroupit alors à sa hauteur.

Jim tenait sa tête entre ses mains et semblait complètement épuisé.

Elle remarqua alors qu'il avait le teint très pâle, les yeux cernés et tremblait légèrement ; elle comprit aussitôt que cela devait faire plusieurs jours que l'adolescent n'avait pas ou peu dormi.

- Tu trembles, lui dit-elle alors d'une voix beaucoup plus basse et empathique. Jim, que se passe-t-il ?

Jim ne répondit pas.

- Ecoute Jim, je te conseille d'aller trouver ton éducateur pour qu'il te permette de t'installer à l'infirmerie pour dormir le temps que tu récupères, ok ?
- Si seulement je pouvais… murmura Jim.

Jim finit par se lever, ramassa son sac et quitta la classe.
Tandis que les élèves se précipitaient dans la cour de récréation, la professeure d'anglais alla trouver Monsieur Lebrun, l'éducateur responsable du premier degré.

- Philippe ?! dit-elle en frappant à sa porte.
- Salut Monique, qu'y a-t-il ?
- Je viens te voir au sujet de Jim Lenteric.
- Il s'est encore fait expulser des cours pour avoir dormi en classe ?
- J'ai dû le mettre en retenue mais je pense qu'il ne va vraiment pas bien.

Dans la cour de récréation, Jim alla s'asseoir contre le mur extérieur de la salle de gym.
Très vite, son meilleur ami Rémy, le rejoignit. Ce dernier était son ami d'enfance. Ils fréquentaient le même club de football et jouaient ensemble depuis bientôt cinq ans. Le jeune garçon était assez beau. Cheveux bruns, bien rasé, mesurant près d'un mètre septante-cinq et arborant déjà une musculature d'adulte, l'acné ne semblait pas vouloir se manifester chez lui et il était considéré par beaucoup comme le garçon le plus cool de l'école.

- Yo Jimbo, ça va ma poule ? lui demanda-t-il d'un air enjoué sans attendre de réponse de sa part.

Rémy s'installa juste à côté de Jim et le regarda quelques secondes. Puis il remarqua une déchirure sur son col…

- Tiens, tu t'es battu ?

Jim baissa la tête en direction de son col et fut étonné de voir qu'effectivement, celui-ci était légèrement déchiré.
Il était persuadé que cette déchirure n'était pas présente ce matin.

- Hey ! tu sais quoi ? Emma…

Dès que le prénom d'Emma fut prononcé, Jim ne prêta plus aucune attention à ce que Rémy lui disait, mettant sa capuche par-dessus sa tête.
C'est alors que Monsieur Lebrun s'approcha d'eux.

- Jim ! lança Monsieur Lebrun d'un ton très calme, à son attention. J'aimerais m'entretenir avec toi dans mon bureau, s'il te plaît.

Le bureau de Monsieur Lebrun était quelque peu désordonné. Des tas de papiers gisaient ici et là, tandis que sa fameuse tasse de café était en permanence remplie.
Jim s'assit sur l'une des chaises faisant face au bureau derrière lequel se trouvait Monsieur Lebrun.
Ce dernier s'adressa alors à Jim.

- Comment vas-tu ?
- Pas très bien... je fais des insomnies depuis une semaine... lui répondit le jeune garçon en toute transparence.
- A ce propos, j'ai appris que tu avais reçu une retenue de Madame Clearbout pour t'être endormi en classe. C'est vrai ?

Jim, qui tentait de rester le plus concentré possible face à son éducateur lui répondit aussitôt

- C'est vrai...
- Ecoute Jim, lui dit-il alors. Madame Clearbout est venue me voir ce matin. Elle m'a fait part de son inquiétude à ton égard. Tu dis ne pas pouvoir réussir à dormir la nuit mais tu es extrêmement fatigué en journée. Alors nous en avons discuté Madame Clearbout et moi-même et nous sommes mis d'accord pour te permettre de te reposer ici jusqu'à midi. J'en ai parlé à ton professeur de Gym et il est d'accord avec nous. Il te dispense de son cours durant les deux prochaines heures.
- Merci... lui répondit Jim qui fut touché par l'attention de Madame Clearbout et de Monsieur Lebrun face à sa situation.

Monsieur Lebrun accompagna Jim dans la pièce voisine de son bureau, qu'on appelait « l'infirmerie », désignée comme telle car un lit s'y trouvait, tout simplement.

- Mon bureau est là, tu m'appelles si besoin. Essaye de récupérer pendant ces deux prochaines heures. D'accord ?
- Ok, merci lui répondit Jim, s'installant dans le lit.

Monsieur Lebrun referma la porte.
A peine celle-ci fut-elle fermée que Jim, posant sa tête contre l'oreiller, bascula à nouveau profondément…

*… Jusqu'à atterrir dans sa chambre.*
*La nuit était tombée et il y faisait sombre.*
*Jim était allongé dans son lit. Il sentit que quelqu'un était allongé juste à côté de lui.*
*Il se retourna et y vit Emma, endormie.*
*Un sentiment de joie immense l'envahit.*
*Lorsqu'il se retourna à nouveau, il aperçut de l'autre côté de la pièce, à travers la fenêtre de sa chambre, une silhouette qui se tenait debout.*
*Jim ressentit l'inquiétude le saisir.*
*Il sentit brusquement son corps se raidir et, bientôt, Jim fut dans l'incapacité de se mouvoir.*
*Il aperçut alors la silhouette ouvrir sa porte-fenêtre et entrer d'un pas lent dans sa chambre, comme pour éviter de se faire entendre.*
*L'inquiétude du début laissa place à une angoisse.*
*« Qui est-ce ? Que vient-il faire chez moi ? » se demandait Jim.*
*La silhouette, d'un coup, courut vers Jim et bondit sur le lui, l'agrippant au col pour le dégager du lit lorsque brusquement…*

*(Switch) Jim se retrouva sur sa terrasse, devant la fenêtre de sa propre chambre.*
*Quelqu'un dormait dans son lit. Il voulut en avoir le cœur net et ouvrit la porte-fenêtre.*
*Il s'avança d'un pas léger pour ne pas réveiller celui qui*

*dormait dans son lit.*
*Puis, il s'aperçut qu'à côté de la silhouette se tenait Emma.*
*Prit d'une énorme émotion de colère, Jim se précipita sur l'inconnu et l'agrippa fermement par le col pour le dégager du lit et le frappa à plusieurs reprises sur le visage.*
*L'inconnu se dégagea et frappa à son tour Jim en le poussant vers la fenêtre, hors de la chambre.*
*Dès l'instant où il franchit la porte-fenêtre...*

La porte de l'infirmerie s'ouvrit, sortant ainsi Jim de son sommeil.

- Alors ? bien récupéré ? lui demanda Monsieur Lebrun.
- Euh... oui... répondit machinalement Jim, encore quelque peu dans les vapes.
- Bien ! Il est midi, tu peux aller manger dit-il alors. Dès que la récréation se termine, tu retournes en classe.

Jim se leva en essayant de reprendre ses esprits. Il était certes moins fatigué mais... une étrange sensation de colère naissait à présent en lui.
Monsieur Lebrun aperçut alors le col de Jim.

- Oula ! Que s'est-il passé ? Tu n'avais pas ça tout à l'heure... si ?

Jim baissa la tête pour apercevoir son col.
La déchirure de ce dernier s'était agrandie de plusieurs centimètres.

- Euh, je ne sais pas... dit-il en s'avançant vers la porte.

Lorsque Jim passa la porte, Monsieur Lebrun crut apercevoir des ecchymoses sur le visage de Jim.

- Tu t'es cogné ? lui demanda-t-il ?
- Je vous demande pardon ? s'interrogea Jim.
- Tu as comme de légères marques bleues au visage, ajouta Monsieur Lebrun.

Jim ignorait ce dont Monsieur Lebrun pouvait bien parler.
Il partit ensuite en direction du réfectoire, laissant Monsieur Lebrun face à ses interrogations.

Juste après avoir mangé, Jim, toujours quelque peu fatigué, s'adossa contre le mur extérieur de la salle de gym, comme à son habitude depuis bientôt une semaine, histoire de récupérer comme il pouvait sans être dérangé.
C'est alors qu'il la vit.
Emma Lagrange, une jeune fille aux longs cheveux châtain clair et aux yeux marron, l'avait aperçu au loin et semblait s'éloigner de ses amies avec qui elle discutait pour venir le rejoindre.

- Salut Jim, dit-elle alors au jeune garçon. Je peux me joindre à toi ? lui demanda-t-elle.

Le cœur de Jim se mit à battre plus rapidement que d'habitude et une sensation de chaleur lui monta au visage.

- Euh… oui… oui bien sûr, je t'en prie, lui répondit-il timidement.
- Merci, lui répondit-elle en lui renvoyant un sourire des plus affectueux.

Elle s'appuya elle aussi contre le mur, juste à côté de Jim et entama la discussion.

- Rémy m'a dit pour ce matin, dit-elle. Je m'inquiétais un peu alors je viens voir comment tu te sens maintenant.
- Tu… tu t'inquiètes pour moi ? lui répondit-il, la gorge nouée par les paroles d'Emma.
- Bien sûr ! Après tout, on se connait depuis la maternelle, c'est normal que je m'inquiète quand j'apprends que tu n'es pas bien, lui répondit-elle. Tu fais des insomnies, c'est ça ?
- Oui… Je n'arrive plus du tout à dormir depuis des jours.
- Peut-être que tu réfléchis trop, lui dit-elle en souriant. Mon père a déjà eu ça et…

Jim ne cessait de regarder Emma, pendant que cette dernière lui parlait. Elle semblait s'intéresser à la situation qu'il vivait. Il aurait pu l'écouter parler comme ça pendant des heures si

Rémy n'était pas venu les interrompre.

- Salut toi, lança-t-il en embrassant Emma.

Il se tourna alors vers Jim.

- Alors Jimbo, ça va mieux depuis ton retour de l'infirmerie ? lui dit-il, ne semblant prêter attention qu'aux cheveux d'Emma qu'il était en train de caresser, tout en la regardant.

Jim fit brusquement un mouvement de la tête, comme s'il venait d'être pris d'un spasme.

- Dégage, toi ! se surprit Jim à s'écrier à l'attention de son meilleur ami, avant de s'en aller ailleurs.

Emma et Rémy semblèrent secoués par ces propos, tandis que Jim partait d'un pas décidé vers le bâtiment.

- Mais enfin… qu'est-ce que j'ai dit ? lança alors Rémy, baignant dans la totale incompréhension.
- Je ne comprends pas, lui répondit-elle mais c'est vrai qu'il n'a pas l'air bien du tout.

L'inquiétude se lisait sur le visage de la jeune fille.

Puis, Rémy se mit à réfléchir, et petit à petit, un malaise commença à se manifester en lui, comme s'il s'apprêtait à dire quelque chose qu'il avait peur de regretter.

Emma s'en aperçut dès le moment où elle se retourna vers lui.

- Quoi ? Qu'est-ce qu'il y a ? lui demanda-t-elle, étonnée par l'attitude de son petit ami, d'habitude si sûr de lui.
- En fait, je crois savoir pourquoi il m'a répondu si sèchement, lui répondit Rémy.
- Quoi, vous vous êtes disputés ? s'interrogea-t-elle.
- Non, du tout.

Il se tourna face à elle.

- Je crois que Jim est toujours amoureux de toi et qu'il m'en veut de sortir avec toi.

La jeune fille rougit soudainement et sembla très mal à l'aise.

- Quoi ? Mais... comment ça « toujours » amoureux ? rétorqua-t-elle, semblant très embarrassée.

Elle regarda à nouveau en direction de Jim qui entrait alors dans le bâtiment, de l'autre côté de la cour.

- Jim était amoureux de toi en primaire. Tu ne le savais pas ? dit alors Rémy, gêné d'avoir fait une bévue.

Emma resta silencieuse un moment avant de reprendre.

- Et tu le sais depuis quand ? lui demanda-t-elle, la gorge nouée.
- L'année passée, lui répondit-il, mal à l'aise. Il me l'a dit au moment où tu lui as fait la bise pour lui dire bonjour le premier jour de la reprise de l'école.

Elle se retourna à nouveau vers lui, d'un air hébété et quelque peu énervé.

- Attends ! reprit-elle. Tu es en train de me dire que tu es sorti avec moi, sachant pertinemment que ton meilleur ami était amoureux de moi ?
- Bien sûr que non ! s'offusqua le jeune adolescent. Je ne savais pas qu'il était toujours amoureux de toi. Puis, toi tu ne l'aimes pas donc où est le problème ? lui lança-t-il d'un ton quelque peu désemparé.

Emma s'éloigna brusquement de Rémy.

- Tu m'étonnes qu'il ait réagi comme ça quand tu es venu nous interrompre, lui répondit-elle sèchement. Et tu prétends être son meilleur ami…

La jeune fille, furieuse, tourna les talons et s'éloigna de Rémy, rejoignant ses amies qui discutaient un peu plus loin.

- Les filles ! murmura alors Rémy qui se releva en soupirant, un léger sourire aux lèvres, s'interrogeant malgré tout sur les sentiments de la jeune fille.

A la sortie des classes, Emma quitta aussi vite que possible le bâtiment. Devant la grille de l'entrée principale du Collège, elle aperçut Rémy qui l'attendait comme chaque jour, discutant avec deux jeunes filles de son cours de néerlandais. Arrivée à sa hauteur, Emma s'arrêta devant lui, sans dire un mot.

Les deux jeunes filles partirent, lançant un sourire au jeune garçon. Mais ce dernier ne leur prêta aucune attention, bien trop occupé à se demander ce qu'allait bien pouvoir dire Emma.

- Emma, je… commença-il, mais il fut vite coupé par la jeune fille.
- Tu me déçois… lui dit-elle, contrariée. Jamais je ne ferais un coup pareil à Eglantine, ajouta-t-elle en faisant référence à sa meilleure amie.

La jeune fille se tourna et partit en direction de l'arrêt de bus, semblant chercher quelqu'un du regard durant le trajet.

Quelques minutes plus tard, dans la maison des Lenteric, la mère de Jim raccrocha le combiné.

- Jim ? lança-t-elle en direction de la cuisine.

Le garçon, dont les bleus au visage se faisaient plus marquants, passa la tête à travers la porte.

- Nous avons de la chance, il y a eu un désistement, lui annonça-t-elle. Tu as rendez-vous chez le psychothérapeute demain matin à 10h. Je téléphonerai demain matin à l'école pour les prévenir de ton retard.

**Le lendemain matin – 10h**
**Louvain-la-Neuve – Cabinet de Samuel Piquet, psychothérapeute.**

Le cabinet dans lequel se trouvait Jim comportait un bureau entouré de trois chaises blanches. Jim était assis sur l'une d'elles tandis que le Docteur Piquet, le psychothérapeute le recevant, était assis en face de lui.
C'était un homme d'une quarantaine d'années. Son look ressemblait beaucoup au style hipster. Ses cheveux étaient rasés sur les côtés tandis que le haut de son crâne arborait une longue chevelure, laquelle était attachée, formant une queue de cheval.
Les murs de la pièce dans laquelle ils se trouvaient étaient peints d'une couleur brun pastel qui représentait plusieurs formes géométriques. Il y avait également une sorte de divan des plus modernes de couleur noire. Enfin, une plante reposait dans un coin de la pièce, à côté de la fenêtre donnant ainsi une touche de nature à cet endroit qui, finalement, était très neutre.

- Jim, n'est-ce pas ? commença le Docteur Piquet. Je te propose qu'on se tutoie, ce sera plus facile, qu'en dis-tu ?
- Ça me va, lui répondit Jim d'une voix fatiguée.
- Comment vas-tu ?

Le jeune garçon, dont la nuit avait été à nouveau des plus mouvementées, semblait à bout de force.

- Ça peut aller… répondit le jeune adolescent, d'une voix faible.
- Avant d'entrer dans le vif du sujet, je vais d'abord t'expliquer comment cela va se passer, d'accord ? ajouta le Docteur Piquet.

Jim ne répondit pas, semblant lutter contre lui-même pour ne pas s'endormir.

- Un chose que tu dois savoir, c'est que je suis tenu au secret professionnel. Cela veut dire que rien de ce qui sera dit ici ne sortira d'ici, d'accord ? C'est très important que tu le saches.

Le jeune garçon acquiesça à nouveau.

- Bon alors, aujourd'hui, c'est un peu particulier. Il s'agit de notre premier entretien individuel. Je vais te poser quelques questions générales sur toi pour apprendre à te connaitre et voir la raison qui t'amène à venir me voir. C'est d'ailleurs pour cela que je prends des notes. Ça ne te dérange pas ?
- Pas du tout, lui répondit Jim.
- Parfait, je te remercie, reprit Docteur Piquet. Alors, explique-moi un peu ce qui t'amène ici.

Jim, luttant toujours contre cette fatigue qui ne cessait de l'accabler, se mit à tapoter du pied nerveusement sur le sol.

- Je ne dors plus la nuit depuis une semaine maintenant car j'ai peur de dormir…
- En connais-tu la cause ? lui demanda Docteur Piquet.
- En fait je fais le même cauchemar depuis une semaine. Cela me terrifie si bien que je ne veux plus dormir la nuit…. Et dès que je fais une micro-sieste, il se manifeste et j'en ai des angoisses. Du coup, je fais des insomnies la nuit et je suis crevé en journée.
- Ce cauchemar, tu peux me l'expliquer ?

Jim prit une profonde respiration et tenta de se remémorer son rêve.

- Je dors dans mon lit, j'aperçois ensuite une silhouette à ma porte-fenêtre. Elle attend, puis finit par l'ouvrir. Au bout de quelques secondes à me fixer, elle se précipite sur moi et je me réveille au moment où elle m'agrippe.
- Je vois... murmura Docteur Piquet, tout en continuant de prendre des notes.

Il regarda alors Jim.

- Et ce cauchemar que tu fais, tu dis le faire toutes les nuits. Il s'agit toujours du même rêve ? Ou il y a eu des exceptions ? demanda alors Docteur Piquet.

Jim parut alors plus inquiet.

- Deux fois oui. En fait hier à l'école, mon éducateur m'a autorisé à m'endormir quelques heures pour récupérer, me disant que puisque je n'arrivais pas à dormir pendant la nuit, mais que j'étais crevé en journée, autant récupérer une partie de ma nuit la journée.
- Et que s'est-il passé ?
- J'ai été plus loin dans mon rêve. Et j'ai fait ce même rêve la nuit dernière, enfin… très tôt dans la matinée...

Jim expliqua son rêve lors de l'épisode de l'infirmerie.

Sa nervosité du début de l'entretien s'amplifia d'un cran. De son front perlaient des gouttes de sueurs froides.

- … et j'en suis ressorti avec des vêtements déchirés et ces bleus, dit-il alors en montrant des endroits du visage et du corps sur lesquels apparaissaient effectivement des bleus.

Le Docteur Piquet sembla quelque peu désarçonné. Après tout, il n'était pas habituel de voir ce genre de choses.

- Et … euh… ce cauchemar, tu dis qu'il a commencé il y a une semaine, c'est bien cela ? Tu penses que ce serait dû à un évènement précis ?
- Je ne sais pas… dit alors Jim, je n'y ai jamais vraiment réfléchi.
- On a le temps…

Jim se mit alors à réfléchir.

Puis, il pensa à nouveau à Emma et Rémy.

Il regarda le Docteur Piquet dans les yeux, semblant honteux de ce qu'il allait dire.

- Je crois que c'était le jour où mon meilleur ami a embrassé la fille dont je suis amoureux, dit-il, intimidé. J'ai mis longtemps à m'endormir cette nuit-là et je crois que c'est là que tout a commencé.

Le Docteur Piquet referma alors son carnet et se pencha vers Jim.

- Jim, selon toi, qui pourrait être la silhouette ?

Le jeune garçon réfléchit.

- Ben… je ne sais pas moi, un inconnu, lui répondit-il

nerveusement.

- Tu dis être apeuré par la silhouette quand tu dors à côté d'Emma, c'est bien ça ? Et en colère lorsque tu aperçois cette silhouette allongée à son tour à côté d'Emma, c'est bien ça ?
- Oui, je crois.
- Si on se focalise uniquement sur la silhouette, qui, selon toi, pourrait être jaloux de te voir dormir avec Emma ? Et qui, toujours selon toi, aurait actuellement le plus de chance de dormir à ses côtés, lorsque tu es à la fenêtre ?

Jim vit enfin où le psychothérapeute voulait en venir.

- Rémy… ?!
- Tu ne penses pas que cela pourrait coller ? Et ça coïnciderait avec le moment où ton rêve a commencé et le jour où ils se sont embrassés, non ?

Mais Jim réfléchit plus longuement intérieurement.

- Non, ce n'est pas ça… murmura-t-il. Je suis sûr que ce n'est pas Rémy. Ce n'est pas sa silhouette… Je le sais, je le sens…

Le Docteur Piquet continua à suggérer ses théories.

- Ton rêve. Ne penses-tu pas que ce soit un combat entre une peur de perdre Emma et une colère de la voir sortir avec quelqu'un d'autre que toi en l'occurrence ?

Les paroles du Docteur Piquet agirent chez Jim comme une piqure en plein cœur et il fut pris d'un spasme, faisant un léger mouvement de la tête.

« Avait-il raison ? » se demandait-il. « Serait-ce uniquement de la… jalousie ? »

- Votre idée d'émotion de la peur et de la colère, j'avoue que cela me parle... Et en même temps, c'est marrant que vous disiez cela car depuis tout petit, j'ai toujours été un craintif. Et ça m'énerve de plus en plus… j'en ai marre d'être comme cela mais tellement de gens m'adorent comme je suis que, si je change, j'ai peur qu'ils ne m'aiment plus… peur qu'ils ne m'aiment plus, vous vous rendez-compte ? … c'est ridicule…

Jim fut à nouveau pris d'un spasme.

- C'est tout à fait compréhensible Jim, lui répondit le Docteur Piquet.

Jim sembla dubitatif, puis après quelques secondes de silence, reprit.

- D'accord, admettons que vous ayez raison, dit-il accordant du crédit aux théories évoquées. Mais comment expliquer mes vêtements déchirés et mes bleus ?

Le Docteur Piquet sourit.

- J'ai peut-être une technique qui pourrait aider à comprendre tout cela.
- Quel genre de technique ? s'interrogea Jim, tout en baillant.
- Je pensais à l'hypnose, finit-il par répondre à l'adolescent.

Jim était confortablement installé dans le divan mais était tellement stressé que même sa tête contre le coussin ne suffisait pas à l'endormir.
Le Docteur Piquet s'approcha de Jim en le regardant dans les yeux.

- Je vais te plonger dans un sommeil profond. Rien ni personne ne te dérangera. On va essayer de voir jusqu'où tu peux aller dans ton rêve, d'accord ? prévint le Docteur Piquet.

Jim acquiesça.

- Bien ! Je vais te demander de fermer les yeux maintenant, et de ne prêter attention qu'à ma voix…

Jim ferma donc les yeux et se concentra sur la voix du Docteur Piquet.

- Maintenant je vais te demander de te détendre, de te décontracter. Tu sens tous tes muscles qui se relâchent un par un et…

Tout en continuant à se concentrer sur ce que le Docteur Piquet disait, Jim bascula peu à peu dans les profondeurs…

*… Jusqu'à atterrir dans sa chambre.*
*La nuit était tombée et il y faisait sombre.*
*Jim était allongé dans son lit. Il sentit que quelqu'un était allongé juste à côté de lui.*
*Il se retourna et vit Emma, endormie.*
*Un sentiment de joie immense l'envahit.*
*Lorsqu'il se retourna à nouveau, il aperçut de l'autre côté de la pièce, à travers la fenêtre de sa chambre, une silhouette qui se tenait debout.*
*Jim ressentit l'inquiétude le saisir.*
*Il sentit brusquement son corps se raidir et, bientôt, Jim ressentit une totale incapacité à pouvoir se mouvoir. Il aperçut alors la silhouette ouvrir sa porte-fenêtre et entrer d'un pas lent dans sa chambre, comme pour éviter de se faire entendre.*
*L'inquiétude du début laissa place à une angoisse.*
*« Qui est-ce ? Que vient-il faire chez moi ? » se demandait*

*Jim.*
*La silhouette, d'un coup, courut vers Jim et bondit sur lui, l'agrippant au col pour le dégager du lit lorsque brusquement...*

Le Docteur Piquet, qui ne cessait d'observer Jim pendant qu'il rêvait, remarqua alors que le corps du jeune garçon se raidissait. Tous ces muscles étaient contractés. Et sans raison apparente, le col du jeune garçon se déchira.

- Je vois... murmura alors le Docteur Piquet, très interloqué par ce qu'il voyait.

*(Switch) Jim se retrouva sur sa terrasse, devant la fenêtre de sa propre chambre.*
*Quelqu'un dormait dans son lit. Il voulut en avoir le cœur net et ouvrit la porte-fenêtre.*
*Il s'avança d'un pas léger pour ne pas réveiller celui qui dormait dans son lit.*
*Puis, il s'aperçut qu'à côté de la silhouette se tenait Emma.*
*Prit d'une énorme émotion de colère, Jim se précipita sur l'inconnu et l'agrippa fermement par le col pour le dégager du lit et le frappa à plusieurs reprises sur le visage.*
*L'inconnu se dégagea et frappa à son tour Jim en le poussant vers la porte-fenêtre, hors de la chambre.*
*Dès l'instant où il franchit la porte-fenêtre...*

A cet instant, le Docteur Piquet remarqua que le corps de Jim bougeait tout seul.
C'est là que le Docteur les vit apparaître.
Des bleus firent leur apparition sur le visage de Jim, alors que son visage se balançait de gauche à droite.

*... (switch) Jim se retrouva hors du lit, agrippé par la silhouette qui se mit alors à le frapper à plusieurs reprises sur le visage.*
*Jim sentit alors la peur laisser place à la colère et se dégagea des prises de son agresseur.*

*A son tour, il frappa ce dernier, qui recula. Jim en profita alors pour le pousser vers la porte-fenêtre, hors de la chambre. Arrivé sur la terrasse, il vit que la silhouette était proche de la rambarde qui donnait sur le parking où la voiture familiale était garée.*
*Furieux, il se rua sur elle et, d'un coup de pied, la fit virevolter par-dessus la rambarde …*

*… (switch) Jim se retrouva hors de la chambre, poussé par la silhouette qui le repoussait près de la rambarde qui donnait sur le parking où la voiture familiale était garée.*
*Il la vit ensuite se ruer sur lui et d'un coup de pied, la fit virevolter par-dessus la rambarde. Il sentit son corps en apesanteur avant de percuter le pare-brise avant de la voiture se trouvant en contre-bas…*

Le Docteur Piquet, qui devenait de plus inquiet de la tournure des évènements, aperçut, soudain, du sang couler du nez de Jim.
Effrayé, il tenta alors de le réveiller.
- Jim ?! Jim réveille-toi maintenant…
Mais Jim était profondément endormi et continuait de rêver. Soudain, contre toute attente, le corps du jeune garçon se mit à flotter peu à peu puis, d'un coup, revint brusquement sur le divan. Dès l'instant où le corps du jeune garçon retomba sur le divan, des cicatrices apparurent sur certains endroits du corps.
Le Docteur Piquet était maintenant complètement terrorisé.

> *… (switch) Jim se tenait maintenant juste devant la rambarde. Il grimpa dessus. La colère l'avait complètement envahi. Tout en regardant la silhouette qui gisait sur le pare-brise avant de la voiture, il sauta et plongea vers elle, à la façon des sauts de super héros qui retombent en mettant le coup de poing à terre. Excepté que là, le coup de poing était destiné à son agresseur. Et au moment où le poing de Jim était sur le point de la toucher…*

*… (switch) Jim se retrouvait grièvement blessé sur le pare-brise de la voiture, maintenant détruite par sa chute. La peur l'avait complètement envahi. Il vit alors la silhouette sauter et plonger vers lui.*
*Et plus elle se rapprochait, plus le visage de celle-ci devint clair.*
*Ce n'était pas Rémy, ça ne l'avait jamais été.*
*Non, ce visage qu'il découvrait lui était beaucoup plus familier.*
*Ce n'était autre que … le sien.*
*Jim se battait avec lui-même.*
*S'agissait-il de son double maléfique ?*
*« Mais pourquoi ? » ne cessait-il de se demander.*
*Soudain, la peur et la colère se mélangèrent et s'intensifièrent inexplicablement pour ne former plus qu'une.*

*Et dès l'instant où le visage de la silhouette se dévoila entièrement, celle-ci le frappa d'une violence telle que…*

CRAC

Dans un fracas des plus retentissants, le divan sur lequel reposait Jim s'affaissa brusquement, se fendant en deux, comme si un énorme rocher venait de s'y écraser.
Le Docteur Piquet fut alors pris du plus terrifiant sursaut qu'il n'ait jamais vécu. Il voulut partir, s'enfuir loin de ce cauchemar. Mais il ne pouvait pas laisser le jeune garçon là. Il reprit alors ses esprits et se précipita vers Jim pour voir s'il n'avait rien de cassé.
Jim respirait toujours mais restait inexplicablement dans un profond sommeil.
Le Docteur Piquet remarqua alors que les marques qui étaient apparues précédemment s'estompaient peu à peu jusqu'à complètement disparaître.
Le psychothérapeute ne savait que faire. Il regarda autour de lui. Finalement, il s'approcha de Jim, le porta et alla le déposer

dans la pièce voisine, où un autre divan se trouvait. Puis, il essaya de réveiller le jeune garçon. Mais rien n'y faisait.
Le Docteur Piquet dut donc attendre que le jeune se réveille de lui-même.

Ce n'est qu'au bout de quinze minutes que le jeune garçon montra les premiers signes de son réveil imminent.
La peur de ce qui allait suivre maintenait le Docteur Piquet dans un état de stress inhabituel.
Le jeune garçon ouvrit subitement les yeux. Ceux-ci, l'espace d'un instant, furent entièrement noirs avant de s'estomper et de revenir à la normale. Il s'assit sur le divan et sembla plus serein que jamais. Ses traits fatigués s'étaient évanouis et une confiance en lui émanait soudainement de sa personne. Il leva ses mains et les regarda avec attention, avant de les porter sur son visage.
Ressentait-il les effets de bleus qui y étaient apparus quelques secondes plus tôt ? se demanda le Docteur Piquet.
Puis le jeune garçon leva les yeux et scruta la pièce.

- Ça va mon garçon ? lui demanda le Docteur Piquet.

Le jeune garçon ne lui répondit pas et continua d'inspecter les lieux.
Le Docteur Piquet s'interrogeait. Se rappelait-il seulement de quelque chose ? ne pouvait-il s'empêcher de penser.
Soudain, l'adolescent se leva du divan et prit une profonde inspiration. Un sourire pouvait se lire sur son visage. Il se mit alors à marcher en direction de la porte. Tout en marchant, il alla dans sa poche et en ressortit un billet qu'il prit soin déposer sur la petite table située à quelques centimètres du Docteur. Il restait d'un calme inhabituel.
Le Docteur Piquet voulut intervenir mais il resta sans voix. Son corps tremblait de toute part.
Juste avant de partir, le jeune garçon se retourna vers le Docteur Piquet.

- Merci de m'avoir fait sortir ! lui lança-t-il, un sourire narquois se dessinant sur son visage.

Le Docteur Piquet eut alors une pensée étrange.
« Le jeune garçon qui sortait à l'instant … s'agit-il du même garçon qui est venu me voir dans mon cabinet cinquante minutes auparavant ? »

**FIN**

## DARK SHADOW

**Hiver 2020**
**Hôpital Psychiatrique du Beau-Vallon – Chambre C27**

- Un test de grossesse ?! demandai-je en griffonnant sur mon bloc-notes, tandis que l'homme en face de moi continuait son récit.

Il semblait terrorisé par ce qu'il racontait, ne cessant de se balancer d'avant en arrière.

- Attendez, l'interrompis-je soudainement. Vous voulez dire qu'elle avait à son tour les yeux noirs ?
- Oui… me répondit l'homme qui continuait de se balancer.
- C'est une sacrée histoire que vous me racontez, là, repris-je alors, quelque peu excité en regardant mes notes.

Il me regarda dans les yeux.

- Et je peux vous assurer… me dit-il avant d'hurler, ce qui me fit sursauter, …QUE CETTE HISTOIRE EST VRAIE ! JE NE LES AI PAS INVENTÉES CES CICATRICES QUAND MÊME… ALORS SORTEZ MOI DE LA…

Il s'approcha alors de moi, me suppliant.

- Sortez-moi de là ! Je vous en prie. Je dois la retrouver, me dit-il avant de s'écrier à nouveau, JE DOIS LA RETROUVER !

L'homme ne cessait d'hurler.

Les deux membres du personnel qui étaient restés à quelques mètres de nous et qui ne nous avaient pas quittés des yeux de tout l'entretien, intervinrent.

- Calme-toi Elliott ! lui dit l'un d'eux, en l'immobilisant tandis que l'autre lui préparait une injection.

Une voix s'éleva dans le couloir.

- Monsieur Prophète ?

Je me retournai et aperçut le directeur de l'établissement.

- Oui ?! lui répondis-je.
- Il me semble que vous avez tout ce qu'il vous faut,

non ?

- Oui, oui… lui répondis-je en ramassant mes affaires pour le rejoindre.

Tout en marchant dans le couloir, il entama la discussion.

- C'est la première fois qu'un de nos patients demande à parler à un journaliste.
- Oui, il semblerait qu'il veuille avertir la communauté de l'existence de… enfin… que cette chose, quelle qu'elle soit, existe, lui répondis-je.

Tout en marchant, j'aperçus alors que, de toutes les chambres du couloir, une seule avait la lumière éteinte.

La soirée venait pourtant à peine de débuter.

- Il est en isolement ? lui demandai-je alors en fixant la porte de la chambre C20, dont aucune lumière ne se dégageait.
- Pardon ? dit-il en suivant mon regard et devina de quoi je parlais. Ah, la C20 ?! Non. Son locataire est atteint de « Sciaphobie ».

Jamais je n'avais entendu ce terme auparavant.

- La quoi ? demandais-je.
- La « Sciaphobie », la peur des ombres, me répondit-il. Il déteste donc la lumière. Son histoire aussi est… très étrange.
- Vraiment ? lui demandai-je alors, intrigué.

Il me regarda.

- Ah non, non ! me répondit-il, je ne vais pas vous laisser vous entretenir avec lui. Il est bien trop faible…
- Je ne demande que dix minutes… cinq, et je vous fous la paix ensuite.

Il s'arrêta, semblant réfléchir.

- Vous ne laissez jamais tomber vous, n'est-ce pas ? me dit-il.

Je lui souris.

- Je lui demanderai, finit-il par dire. Mais je vous interdis de le pousser à bout comme le patient de la chambre C27.

- Je ne l'ai pas poussé à bout, c'est lui qui s'est mis à... Peu importe, m'interrompis-je. Je comprends et… Oui je ferai attention.

**Quelques jours plus tard**
**Hôpital Psychiatrique du Beau-Vallon**

Le chef de service en personne m'emmena vers la chambre C20. Comme je m'y attendais, elle était plongée dans l'obscurité la plus totale.
Le patient de la chambre C20 avait accepté que je m'entretienne avec lui, à la seule condition que l'interview se déroule dans le noir le plus absolu. Impossible donc de prendre des notes, d'où l'intérêt d'avoir apporté mon enregistreur audio.
J'avais hâte de pouvoir discuter avec le patient de la chambre C20 et de connaître son histoire.

- Par précaution, nous avons attaché le patient sur une chaise car ce dernier ne voulait pas qu'il y ait une autre personne que vous dans sa chambre, me dit l'homme. Vous serez donc seul avec le patient cette fois.

J'acquiesçai en silence.
Toute cette mise en scène en valait-elle vraiment la peine ? me demandai-je.

- Lorsque vous entrerez, faites un pas devant vous, me dit alors le chef de service. Vous y trouverez une chaise pour vous asseoir.

Il fit alors un signe de tête à l'un de ses collègues qui éteignit la lumière du couloir.
Le chef de service ouvrit la porte.
J'avançai, d'un pas très lent, jusqu'à percuter ce qui devait être la chaise et m'assis.
La porte se referma derrière moi.
Un long silence régnait dans la chambre.
Je fus, à cet instant-là, seul à seul avec mon interlocuteur, bien que rien ne pouvait confirmer sa présence dans cette pièce tant celle-ci était obscure et calme.
Je sortis alors l'enregistreur audio de ma poche, le posai sur mes genoux tout en appuyant sur « Play » et j'attendis.
Le calme régnait toujours dans la pièce et j'en fus quelque

peu surpris.
Puis, une voix rauque s'éleva, brisant le silence qui y régnait.

- C'est donc vous qui êtes intéressé par mon histoire ? dit enfin mon interlocuteur, la voix fatiguée. Comment vous appelez-vous jeune homme ?
- Bastien Prophète, Monsieur, mais je ne suis plus si jeune vous savez ? lui répondis-je.
- Quel âge avez-vous ?
- Dans la cinquantaine, c'est vous dire.
- Je l'admets, me répondit-il en rigolant. Vous n'êtes plus si jeune. Bastien Prophète, vous dites ?! Vous êtes ce fameux journaliste qui a passé la plus grande partie de sa carrière à mettre en lumière toutes sortes d'histoires plus saugrenues les unes que les autres, c'est bien ça ?
- C'est moi-même, lui répondis-je quelque peu flatté qu'il ait déjà entendu parler de moi.
- Et vous vous intéressez aujourd'hui à la mienne ?
- Peut-être, ça dépend de l'histoire ! Lui répondis-je.
- Savez-vous que plus il y a de lumière, plus il y a d'ombres, Monsieur Prophète ? me demanda-t-il.
- Oui ! lui répondis-je.
- J'ai remarqué ce phénomène en regardant un match de football à la télévision, répliqua-t-il. Le joueur est entouré de quatre ombres, chacune d'elles résultant de l'un des projecteurs du stade.
- J'ai entendu dire justement que vous aviez peur des ombres ? lui demandai-je.
- Pour répondre correctement à votre question, Mr Prophète, je n'ai peur que d'une seule ombre. La sienne… bien que j'ignore de qui il s'agit. A l'époque il n'était qu'un enfant.

A cet instant, je pus aisément percevoir une certaine inquiétude dans sa voix.

- L'ombre de qui… ? lui demandai-je quelque peu excité par la réponse qu'il allait me donner. De quoi parlez-vous exactement ?

- Laissez-moi vous expliquer...

**- FLASH-BACK -**

**Soirée du jeudi 27 octobre 1977 – Ville de Namur**

Ce soir-là, un homme âgé de vingt et un ans se rendait à l'Eldorado, un cinéma situé rue de Fer à Namur, où passait la projection du film de Georges Lucas, « La Guerre des Etoiles ».
Lorsque le jeune homme descendit la rue de Fer, il aperçut une cinquantaine de personnes faisant la file devant le cinéma, depuis les Quatre Coins jusqu'aux guichets.
L'homme se plaça alors dans la file et attendit.
Puis, au bout de quelques minutes, la file avança de façon étrangement désordonnée tandis que des murmures s'élevèrent peu à peu.

- Qu'est ce qui se passe ? dit l'un.
- Je n'en sais rien, elle est tombée d'un coup, lui répondit l'autre.

Un mouvement de foule se forma alors à une dizaine de mètres de là où se trouvait le jeune homme.
Ce dernier se plaça de sorte à voir ce qui pouvait bien se passer.
Il vit alors un homme assis devant une femme allongée sur la rue et dont l'enfant, qui pleurait à chaudes larmes, était appuyé contre le mur du cinéma et ne cessait d'appeler sa maman en balbutiant.

- Madame ? Madame, vous m'entendez ?! dit l'homme qui passa sa main sur le visage de la femme allongée et inerte.

Mais la femme ne répondit pas.

- S'il vous plait, il faut appeler une ambulance, cria alors l'homme venu secourir la mère du petit garçon.

Mais bientôt, c'est lui qui tomba évanoui.
Il fut aussitôt rejoint par une deuxième personne, puis une

troisième.
Les gens s'écartèrent alors de l'endroit où les quatre corps inertes reposaient. Prises de panique, plusieurs personnes se mirent à courir mais certaines d'entre elles tombèrent à leur tour.
Le jeune homme ne comprenait rien à ce qui était en train de se passer mais l'angoisse s'emparait de lui. Il remarqua alors que toute personne entrant dans un rayon d'environ cinq mètres autour de la jeune femme allongée tombait aussitôt évanouie. Seul l'enfant ne semblait pas victime de cet étrange phénomène. Suivant sa théorie, il s'approcha de sorte qu'il n'entrait pas dans la zone des cinq mètres mais suffisamment pour voir ce qu'il s'y trouvait. Et c'est là, qu'il la découvrit.
Sur le mur devant lequel l'enfant était appuyé, pleurant toutes les larmes de son corps, se tenait une immense ombre. Elle avait la forme d'une mâchoire et se tenait pile derrière l'enfant.
Au bout de quelques secondes à regarder cette ombre gigantesque se tenir devant l'enfant, le jeune homme eut un déclic.
Cette ombre immense était celle de l'enfant.
Une extrême terreur s'empara de lui, paralysé par celle-ci. C'était incompréhensible et pourtant, il ne rêvait pas.
C'est alors qu'un homme d'une quarantaine d'années qui venait d'apercevoir les corps inertes gisant sur le sol, se rua vers eux pour venir à leur secours.

- Madame ! Monsieur ! Vous m'entendez ?! leur lança-t-il.

Le jeune homme vit alors l'ombre en forme de mâchoire ouvrir sa gueule et engloutir une ombre, plus petite.

- Mais qu'est-ce que… ??? se demanda-t-il.

Lorsque son regard se posa à nouveau sur le quadragénaire venu aider les victimes, ce dernier reposait désormais à terre, inerte.
L'ombre en forme de mâchoire grossit alors.

- J'ai un mauvais pressentiment tout à coup, dit le jeune

homme.

L'ombre semblait grossir à mesure qu'elle absorbait les ombres de toutes les personnes qui se trouvaient à proximité de l'enfant, tandis que ce dernier pleurait toujours.

Le jeune homme sentit soudainement son énergie le quitter.

- Qu'est-ce qui m'arrive ? dit-t-il, sentant ses yeux s'alourdir.

Son regard se posa alors vers le sol et il vit son ombre se détacher peu à peu de son corps. Dans un effort surhumain, il parvint à reculer jusqu'à ce qu'il reprenne ses esprits. Récupérant ses forces, il fut rassuré de constater que son ombre lui appartenait toujours, bien qu'elle semblât avoir perdu de sa noirceur habituelle.

Le regard du jeune homme se posa à nouveau sur l'enfant terrorisé par ce qu'il s'était produit autour de lui.

Ce dernier ne semblait pas remarquer qu'il était, du moins son ombre, la cause de tout cela.

Au bout de quelques minutes, l'enfant se calma et son ombre reprit une forme normale.

Les ambulances arrivèrent à…

**- RETOUR DANS LE PRÉSENT -**

**Hôpital Psychiatrique du Beau-Vallon – Chambre C20**

- … à quelques secondes d'intervalle et le petit garçon fut pris en charge par les policiers, dis-je alors en coupant la parole à l'homme de la chambre C20 qui était sur le point de terminer son récit.

Un silence tomba.

- Comment le savez-vous ? me demanda-t-il, intrigué.

Je fus pris d'un léger spasme.

Le sourire au coin des lèvres, je pris alors un ton des plus sournois.

- En effet, votre histoire est très intéressante, d'autant plus que c'est bien cette histoire que je m'efforçais de retrouver durant toutes ces années.

- Je vous demande pardon ?! répondit alors l'homme, d'une voix très anxieuse.

Je me levai alors de la chaise et mit ma main dans la poche intérieure de mon veston.

- Toutes ces années à me sentir incomplet et aujourd'hui, je vous retrouve enfin… lui dis-je alors, quelque peu excité.
- Comment ça ? Je ne comprends pas…

L'anxiété qui le rongeait laissa alors place à une véritable angoisse.

Je sortis une lampe de poche de ma veste et l'allumai.

- Que faites-vous ? … Non… NON ! cria alors le vieil homme, complètement tétanisé.

Je retournai alors la lampe vers moi.

Sur le mur, mon ombre apparut et forma une mâchoire qui sembla rire aux éclats.

- Ne vous inquiétez-pas, lui dis-je… cela ne fait pas si mal…

**FIN**

# CANDLE GHOST

**28 Décembre 2018 – Article de presse paru dans la soirée sur le site web d'un quotidien namurois**

---

« Le corps d'un homme âgé de 82 ans a été retrouvé ce vendredi dans un bois isolé, à Eghezée, situé à moins de 500 mètres de la chaussée de Louvain. Il s'agit de Gabin Paulet qui avait disparu quelques jours auparavant de la maison de repos « Résidence Acacia » située drève d'Ormes à Braives où il séjournait.
« L'homme est décédé il y a une semaine environ. On l'a retrouvé, appuyé contre un banc, à proximité d'une cabane en bois abandonnée », indique le parquet de Namur.

Il semblerait que les causes soient naturelles. Cependant, l'octogénaire pourrait aussi bien être décédé d'hypothermie voire s'être suicidé.

La police a déjà pu retracer une partie du chemin du Braivois. L'homme a ainsi quitté le home, a pris le bus et acheté une bouteille d'alcool qu'il a vidée dans le bois.

Le Parquet n'exclut pas un suicide puisque Gabin Paulet avait déjà tenu des propos y faisant référence. »

---

**Samedi matin – Eghezée – Dans la maison de Paulette Dubois-Levacq**

En lisant le journal dans lequel se trouvait l'article à propos de l'homme retrouvé mort la veille, Basile Dubois, un jeune garçon d'une vingtaine d'années et originaire d'Eghezée qui rendait visite comme chaque matin à sa grand-mère en compagnie de son frère Aubin, interpella ce dernier tandis que Madame Levacq regardait un célèbre jeu télévisé.
Ce jour-là, elle semblait particulièrement attristée mais, connaissant la fierté de leur grand-mère, aucun d'eux n'osait l'importuner.

- Lis ceci ! dit-il en chuchotant, tendant le journal à son frère de deux ans son cadet.

Aubin prit l'article et le lut.

- Et alors, tu le connaissais ? s'interrogea Aubain, toujours en chuchotant.
- Non ! Mais regarde où il a été retrouvé… lui répondit Basile.

Aubin ne comprenait toujours pas où son frère voulait en venir.
Basile reprit alors le journal.

- La cabane… C'est l'ancien local du club des jeunes… On pourrait le réaménager pour en faire le nouveau CJE.

Basile se trouvait être le trésorier de l'actuel club des jeunes et, depuis l'effondrement du toit du local dans lequel se tenait le club actuel, toute activité était suspendue.
Aubin trouvait l'idée complètement géniale.

- Ok, j'envoie un message sur le groupe, s'écria Aubin en sortant un smartphone de sa poche.
- Dis-leur qu'on se rejoint devant le Champ de Foire à 15h, ajouta Basile.

C'est ainsi que dans l'après-midi, à 14h50, une partie du comité du club des jeunes attendait déjà au point de rendez-vous. Gillian Dubois, qui était le cousin de Basile et Aubin, ainsi que Jérémy, l'actuel président du club des jeunes, discutaient ensemble contre la paroi extérieure de l'arrêt de bus. A l'intérieur de celui-ci, assises sur le banc, discutaient trois filles. Maurine, la copine de Jérémy, ainsi que les inséparables Joëlle et Judith, amies de longue date, que tout le monde surnommait « Jojo et Ju ».

Peu après 15h, une Peugeot 207 de couleur blanche arriva et se parqua non loin de l'arrêt de bus.

Basile et Aubin en sortirent, accompagnés de Harry Lahaye, un ami d'enfance des cousins Dubois, et secrétaire du club des jeunes.

Les trois garçons s'approchèrent de leurs amis.

- Alors les canailles, c'est quoi cette fameuse idée ? lui répondit Gillian en faisant une accolade aux trois garçons, suivi par les autres.
- Oui, c'est quoi ce truc ? lança Jojo. Je n'ai pas arrêté de cogiter depuis votre message sur le groupe.

Basile prit alors la parole.

- Comme vous le savez, le local du club des jeunes n'est plus utilisable. Le plafond s'étant effondré, il faut trouver un nouveau local. Et j'en ai justement trouvé un.
- Où ça ? demanda Jérémy, trépignant d'impatience.
- Dans un petit bois, pas très loin d'ici. Au croisement de la rue du Poncia et de la rue de l'Epine.
- Pas celui où on a retrouvé le corps du mec qui s'est suicidé ? lança alors Maurine, qui ne semblait pas à l'aise.

Un silence s'en suivit

- Quoi ? s'écria Ju.
- Ha non mais c'est mort, intervint alors Maurine, l'inquiétude se lisant sur son visage.
- Moi je dis que ça vaut le coup d'aller voir, lança alors Gillian, un grand sourire aux lèvres.

Ce genre de nouvelle semblait l'exciter plus que l'inquiéter.

Il fut très vite suivi par Jojo.

- A fond ! s'écria-t-elle, tout aussi excitée que l'était Gillian.
- Mamour, je te jure ! Si tu y vas, c'est sans moi, lança alors Maurine en s'adressant à Jérémy.
- On va juste voir, bébé, on n'est pas obligé d'y entrer hein, lui répondit-il pour la rassurer, tout en adressant un clin d'œil aux garçons.

Tout le monde se regarda.

- Bon, qu'est-ce qu'on fait, on y va ou on poireaute là encore longtemps ? lança alors Harry, en retournant dans la voiture.
- On y va ! lancèrent Gillian, Basile et Aubin d'une même voix, un grand sourire aux lèvres.

Jojo et Ju montèrent dans la voiture de cette dernière tandis que Jérémy essayait de convaincre Maurine de monter à l'arrière de sa moto.

- Bébé, je te promets, lui dit-il en lui faisant les yeux doux. On va juste jeter un coup d'œil pour voir si ça vaut la peine de prendre cette idée de local au sérieux et on repart.

Elle le regarda, peu convaincue par ses propos. Mais ne pouvant résister davantage à son regard charmeur, elle céda.

- Ok… mais juste deux minutes hein… dit-elle d'un ton plus sec.

C'est ainsi que le groupe d'amis quitta le parking du Champ de Foire et se dirigea vers le petit bois situé à un kilomètre de là.

Alors qu'ils se garaient sur le bas-côté et s'avançaient vers le petit bois, ils aperçurent, en plein cœur de celui-ci, une petite cabane qui semblait abandonnée depuis plusieurs dizaines d'années.

- Ça y est, on l'a vue ! s'écria rapidement Maurine, angoissée. Elle est bien située mais c'est complètement dégueulasse, on s'en va maintenant ?

- Ce serait dommage de ne pas aller y jeter un coup d'œil, maintenant qu'on est là, dit Basile d'une voix calme en entrant dans le petit bois, très vite suivi par ses cousins, Harry, Jojo et Ju.

Maurine, qui était restée à proximité de la moto, paraissait énervée.

- Bébé, tu m'avais promis ! dit alors Maurine en regardant Jérémy qui semblait suivre le mouvement.
- C'est Basile qui a parlé, moi je n'ai rien dit. Tu peux rester là si tu veux, moi je vais jeter un coup d'œil, dit-il, quelque peu exaspéré par l'attitude de sa copine.

La jeune fille croisa les bras et fit la moue tandis que le groupe d'amis arrivait devant la cabane en bois.

Ils se dirigèrent aux quatre coins de la cabane pour l'examiner de plus près. Des noms étaient gravés, ici et là, sur les murs. Certains étaient plus lisibles que d'autres. On pouvait notamment y lire « Ibti, Ama, Co » ou encore « Les 21' ». Il s'agissait probablement de groupes d'amis ayant fréquenté le club à l'époque.

L'une des fenêtres de la cabane était brisée et Ju regarda à l'intérieur.

- Ça a l'air vide, dit-elle alors.
- Il n'y a qu'un seul moyen d'en être sûr, lui répondit alors Basile.

Ce dernier abaissa la clenche et tira la porte vers lui.

Mais elle ne bougea pas.

Puis, il la poussa mais là encore, elle resta fermée.

- Qu'est-ce qu'on fait ? demanda Jojo.

C'est alors que Gillian s'avança à son tour. Il donna un puissant coup de pied sur la porte, laquelle se fracassa, laissant alors champ libre aux visiteurs pour y entrer.

Les jeunes y entrèrent un par un, à l'exception de Maurine qui se tenait toujours immobile à côté de la moto de Jérémy, et de Basile qui assouvissait un besoin pressant.

Il était clair que cette cabane était à l'abandon depuis plusieurs années. La saleté y était omniprésente et la nature avait également repris ses droits. En effet, les branches des arbres situés à proximité s'y étaient incrustées.

- Ce n'est pas mal, lança Jérémy. Il y a même un bar.
- Bon, il faudra nettoyer mais ça peut le faire, dit Gillian.
- C'est clair ! répondit Judith.
- On va devoir tout retaper, suivit Jojo, semblant déjà s'imaginer dans des travaux de rénovation.
- Vous avez vu toutes ces bougies ??? lança Harry, surpris par le nombre de celles-ci disposées un peu partout dans la cabane.

Le soleil était déjà à l'horizon et la lumière s'estompait rapidement en ces jours d'hiver.

- Allumes-en une, dit alors Jojo.
- De toute façon, la nuit va bientôt tomber, on y verra plus clair si nous les allumons, suivit Ju.

Jérémy, qui avait toujours un briquet sur lui, en alluma une. Aussitôt, ce furent toutes les bougies qui s'allumèrent en une fois. Les jeunes filles poussèrent alors un cri, apeurées par ce qui se passait.

- Woua… c'est quoi ça ? s'écria alors Aubin, surpris et quelque peu nerveux.
- Putain… c'est flippant ! s'écria Gillian, un sourire aux lèvres, lui qui était pourtant reconnu par ses pairs pour avoir le plus de cran.

C'est alors que Basile ouvrit la porte et entra à son tour dans la vieille cabane. Le vent s'y engouffra et éteignit toutes les bougies. La fumée se propagea dans toute la cabane. Les jeunes ne pouvaient plus y voir grand-chose, tandis que la peur s'emparait de chacun d'eux.

Petit à petit, la fumée se rassembla en un endroit, au-dessus du bar, et finit par former ce qui ressemblait à la silhouette d'une jeune femme.

Un long silence suivit.

Puis, d'un seul coup, les jeunes poussèrent un cri d'effroi et sortirent de la vieille cabane.

Dehors, ils se précipitèrent vers leur véhicule.

- Qu'est ce qui se passe… ? s'écria Maurine, que l'attitude de ses amis fit paniquer.
- Monte ! lui cria Jérémy, les mains sur le guidon, prêt à partir.

Elle monta alors sans demander son reste et tous repartirent en trombe en direction du centre d'Eghezée.

Ils se retrouvèrent alors sur le parking du Champ de Foire et sortirent de leur véhicule, affolés.

- Putain mais c'était quoi ça ?
- J'en ai la chair de poule…
- Pareil, je n'arrête pas de trembler…
- Mais bon sang, vous allez m'expliquer ce qu'il se passe ?

Puis, le visage de Basile devint livide.

- Attendez… dit-il en regardant autour de lui, angoissé en constatant qu'il manquait quelqu'un. Où est Harry ?

A l'intérieur de la cabane, la silhouette enfumée de la jeune femme portait un regard intense sur le jeune garçon, resté là, complètement tétanisé.

- Il faut qu'on y retourne… dit alors Basile.

L'inquiétude se lisait sur le visage de tous les jeunes.

- Tu rigoles ? lui répondit Jérémy.
- Il est sans doute parti dans une autre direction sous la panique, dit alors Gillian, qui tentait de reprendre son calme.
- Ok, je l'appelle… proposa Aubin.

La sonnerie du smartphone de Harry retentit.
Le jeune garçon voulut mettre la main dans sa poche pour le saisir mais force était de constater qu'il était tout simplement incapable de bouger le petit doigt.
Il n'avait pas quitté des yeux la silhouette de la jeune femme flottant dans les airs et dont les mouvements semblaient de plus en plus rapides.

Harry devina que quelque chose était sur le point d'arriver.

- « Oui allo, Harry… T'es où ? On s'inquiète ! On est devant le Champ de Foire… Appelle-nous dès que tu as ce message… »

Aubin raccrocha, d'un air dépité.

- C'était sa messagerie ?
- Oui… lui répondit Aubin.

Sans attendre, Basile se précipita vers sa voiture, suivi par Gillian. Les deux jeunes garçons grimpèrent dedans et partirent en direction du petit bois.

Lorsqu'ils arrivèrent sur place, la nuit venait tout juste de tomber.

Ils s'avancèrent en criant.

- Harry ?... Harry tu es là ?

Personne ne répondait.

- Tu as toujours ta lampe de poche dans ton coffre ? demanda Gillian à son cousin.

Ce dernier acquiesça.

Gillian alla la chercher. N'écoutant que son courage, il se précipita dans le petit bois et entra dans la vieille cabane.

Une odeur de bougie brulée y régnait mais la silhouette enfumée de la jeune femme avait disparu… ainsi que Harry.

- Mais bon sang, Harry, où es-tu passé ? murmura Gillian.

Quelques minutes plus tard, dans la maison de Basile et Aubin, la sonnerie du téléphone retentit.

Le père des deux jeunes garçons répondit, tandis qu'à l'étage, dans la chambre de Basile où se trouvaient les cousins Dubois, Aubin vérifiait une énième fois son smartphone.

- Toujours rien… dit-il, en regardant, inquiet, Basile et Gillian.

L'inquiétude se faisait de plus en plus forte chez les trois garçons.

Soudain, quelqu'un frappa à la porte de la chambre. Celle-ci s'ouvrit, laissant entrevoir la tête du père de Basile et d'Aubin.

- La mère de Harry vient de sonner, dit-il en regardant les trois garçons.

Il put aisément deviner qu'ils étaient très impatients de savoir ce qu'il allait leur dire.

- Elle me dit de vous prévenir qu'il est bien rentré et vous fait savoir que Harry n'a pas pu vous prévenir car il dit avoir perdu son smartphone dans l'après-midi et qu'il était dans un état déplorable à son retour à la maison, si bien qu'il s'est directement mis au lit.
- Alléluia ! s'écria Gillian qui s'étala de son long sur le lit de Basile.
- Merci papa, lui répondirent Basile et Aubin dont le visage s'était relâché par le soulagement.

Le père des deux garçons referma la porte.

- Demain, je vous propose qu'on aille le voir, proposa Basile.
- Je suis d'accord ! lui répondit Gillian, tandis qu'Aubin acquiesça à son tour.

**Dimanche matin – Eghezée – Maison de la famille Lahaye.**

La sonnette retentit.
Madame Lahaye alla ouvrir et ne fut pas surprise de voir qu'il s'agissait de Basile, Aubin et Gillian.

- Salut Françoise, dit alors Basile. Harry est là ?
- Bonjour les garçons, leur répondit-elle en les invitant à entrer. Oui, il est dans sa chambre.

Les trois garçons montèrent alors à l'étage et virent Harry, assis sur la chaise de son bureau, le visage tourné vers la fenêtre, le regard évasif.

- Harry ?! lança Gillian après avoir tapoté trois coups sur la porte.

Harry sembla alors retomber les pieds sur terre et se retourna.

- Salut les gars, leur dit-il quelque peu surpris mais content de revoir les trois cousins.

Ces derniers entrèrent et s'installèrent sur le lit du jeune garçon.
Harry semblait tiraillé entre plusieurs pensées.

- Tu nous as fait une belle frayeur hier, lui dit alors Aubin. Ta maman nous a dit que tu as perdu ton smartphone là-bas ?

Le jeune garçon ouvrit le tiroir de son bureau et en sortit ce qu'il restait de son portable. Ce dernier était en mille morceaux.

- Que s'est-il passé ? lui demanda Basile, très intrigué.

Harry lui sourit.

- Je ne me rappelle plus rien… lui dit-il.
- Quoi, rien du tout ? s'étonna Gillian.
- Je me suis réveillé ce matin, et impossible de me rappeler quoi que ce soit. La dernière chose dont je me souvienne est cette vision d'une femme enfumée qui flottait devant le bar et nous en train de la regarder.

Les trois cousins se regardèrent.

- Cependant, ajouta Harry, j'ai découvert ceci en allant

prendre ma douche ce matin.

Il retira difficilement son t-shirt, semblant ankylosé.

L'angoisse se manifesta alors sur le visage des trois cousins. Harry était rempli de bleus sur une grande partie de son corps.

- J'ai dû tomber je ne sais où mais ça me fait assez mal, dit Harry.
- Qu'est-ce que ta mère a dit en voyant cela ? demanda Basile.
- Elle l'ignore… j'ai découvert ça ce matin seulement et je ne suis pas encore descendu, lui répondit-il en remettant son t-shirt.
- C'est flippant… s'écria Aubin.

Un silence tomba dans la pièce, puis Harry se leva.

- Il faut vraiment que j'y retourne ! dit-il avant de s'avancer vers sa garde-robe.
- Retourner où ça ? Dans la cabane ? s'exclama Basile.
- Oui ! leur répondit Harry.

Les trois cousins se levèrent à leur tour et suivirent Harry dans la pièce.

- T'es dingue ? lui lança à son tour Aubin.
- Je ne vous demande pas de m'y accompagner.
- Mais pourquoi veux-tu y retourner ? demanda Gillian.
- Je ne sais pas… lui répondit Harry en enfilant sa veste. C'est la première chose qui m'est venue en tête ce matin et je n'arrive pas à m'en défaire.

Il monta sur son bureau, ouvrit la fenêtre de sa chambre donnant sur le toit du garage et enjamba l'appui de fenêtre pour se retrouver dehors.

- Vous venez avec ou pas ? leur demanda Harry.

Les trois garçons restèrent immobiles.

- Tant pis, leur lança Harry. C'était cool de vous voir en tout cas, ajouta-t-il avant de sauter du toit du garage et d'atterrir dans le jardin.

Basile, Aubin et Gillian regardèrent alors leur ami courir en direction du Champ de Foire.

Pendant quelques minutes, les trois cousins discutèrent, assis sur le lit de leur ami, essayant de comprendre les motivations de ce dernier.
Soudain, la porte s'ouvrit et la mère d'Harry apparut dans la chambre.

- Où est Harry ? leur demanda-t-elle, voyant que son fils était absent.
- Il est parti… dit Aubin, se faisant légèrement taper par son frère pour avoir vendu la mèche.
- Où ça ? s'interrogea-t-elle.

Les garçons ne répondirent pas.

- Les garçons, s'il vous plaît, répondez-moi, leur dit-elle en souriant, mais de façon plus autoritaire.
- A la cabane abandonnée, près du petit bois, finit par avouer Gillian. Nous y sommes allés hier avec le comité du club et Harry voulait y retourner aujourd'hui.

Le visage de la mère se décomposa soudainement.

- Quoi ? Quelle cabane ?! Celle où Gabin Paulet a été retrouvé mort ?

Basile acquiesça.

- Oh mon Dieu…, dit-elle en mettant ses mains devant sa bouche, submergée par l'émotion.

Elle quitta précipitamment la chambre de son fils et redescendit aussitôt.
Les trois cousins ne comprenaient absolument pas ce qu'il se passait et suivirent la mère de leur ami au rez-de-chaussée.
Lorsqu'ils arrivèrent dans le salon, le père de Harry s'empressait de chercher son téléphone et ses clés de voiture.

- Qu'est-ce qui se passe ? demanda Basile.

Le père de Harry les regarda, furieux, et quitta la maison. Le moteur de la voiture rugit et celle-ci démarra à toute allure.
Les garçons restèrent immobiles.
La mère, qui commençait à pleurer, était assise sur l'un des divans du salon.

- Excuse-moi Françoise, mais que se passe-t-il ? osa demander Basile à la mère de Harry.

Celle-ci sécha ses larmes.

- Cette cabane, celle du petit bois… des choses effroyables s'y sont produites il y a des années… Ce n'est pas étonnant que Gabin ait décidé de s'y rendre pour mourir…
- Vous connaissiez Gabin Paulet ?

Elle regarda les trois garçons.

- Votre grand-mère, ainsi que ma mère le connaissaient très bien. Sa fiancée était l'une de leurs amies proches à l'époque…
- Mais… Quel est le rapport avec la cabane ?

La mère de Harry respira profondément.

- Cette histoire m'a toujours terrifiée… leur dit-elle, essayant de se remémorer les paroles qu'elle avait elle-même entendues de la bouche de sa propre mère.

Et elle leur raconta l'histoire de cette nuit de décembre 1958…

**- FLASH-BACK -**

**Nuit du dimanche 28 décembre 1958 – Club des jeunes d'Eghezée**

Situé dans un petit bois, non loin de la chaussée de Louvain, en bordure du village se tenait le club des jeunes d'Eghezée. Trois jeunes femmes et un jeune homme âgé d'une vingtaine d'années buvaient une bière à l'intérieur.

- Mais si, dit Eliane, quelque peu éméchée. Je suis sûre que Philippe est amoureux de toi Paulette.
- Moi, il me l'a déjà dit, lui renvoya à son tour Denise.
- Mais enfin arrêtez, leur répondit Paulette, qui rougissait en regardant un jeune homme au bar qui discutait avec le fiancé d'Eliane.

C'est alors que ce dernier s'avança vers les trois jeunes femmes et s'adressa à Eliane.

- On va vite chercher Pierre chez lui et on revient, dit

Gabin.

- D'accord, lui répondit Eliane. Mais fait vite, ajouta-t-elle en l'embrassant.

Il partit en compagnie de son ami qui ne cessait de regarder furtivement Paulette.

Au bout de plusieurs minutes, un groupe de jeunes gaillards entra dans la cabane. Ils semblaient déjà fortement alcoolisés. Aussitôt entré, l'un d'eux aperçut Denise, Paulette et Eliane et s'approcha d'elles.

- Bonjour mesdemoiselles… J'peux vous offrir un verre ? Ou autre chose ? dit-il en s'esclaffant.

Les jeunes femmes parurent mal à l'aise, exceptée Eliane qui le remit rapidement à sa place.

- Non merci, lui répondit-elle d'une voix hautaine. Nous allions partir. Cet endroit n'est plus aussi fréquentable qu'il ne l'était il y a de cela quelques secondes… lui lança-t-elle.

L'homme sembla très vexé et retourna auprès de ses amis, le regard noir.

- Tu n'aurais pas dû dire ça, lui lança alors Denise.
- On s'en fout, lui répondit-elle. Il aura déjà tout oublié d'ici une minute, ajouta-t-elle en rigolant.

Denise et Paulette regardèrent alors le jeune homme qui les avait approchées. Ce dernier discutait avec l'un de ses acolytes qui ne cessait de les regarder.

- Je ne suis pas rassurée, dit alors Paulette. On sort ?
- Bonne idée, lui répondit Denise.

Mais Eliane résistait.

- Allez ?! Les garçons ne vont pas tarder… Attendons-les ici. En plus, dehors il fait bien trop froid…

Elles décidèrent finalement de rester.

Bientôt, le groupe de jeunes gaillards, dont celui qui avait approché les trois amies, repartit du club des jeunes, semblant s'ennuyer de l'ambiance qui y régnait. Lorsqu'ils ouvrirent la porte, un froid glacial s'engouffra à l'intérieur, provoquant des plaintes à leur attention. Paulette remarqua que l'homme qui les avait approchées semblait toujours aussi énervé.

C'est alors qu'Eliane s'appuya sur l'épaule de Denise.

- Je dois aller aux toilettes, lui dit Eliane. J'arrive.
- Tu ne veux pas qu'on t'accompagne ? lui demanda Denise.
- Non pas la peine... dit-elle, ne semblant plus très bien pouvoir se tenir sur ses jambes.

Elle sortit de la cabane et entra dans le petit local mitoyen qui faisait office de toilettes.

Denise et Paulette l'attendirent en terminant leur verre.

Les minutes passèrent et Eliane n'avait toujours pas montré le bout de son nez. L'inquiétude se lisait peu à peu sur le visage de Denise et Paulette.

Soudain, la porte s'ouvrit.

Pierre, Gabin et Philippe entrèrent dans la cabane, frigorifiés. Les deux jeunes femmes furent rassurées de retrouver les garçons. Cependant, Eliane, qui était maintenant partie depuis un moment, tardait à revenir des toilettes. Denise et Paulette firent donc part de leur inquiétude à Gabin.

Ce dernier sortit de la cabane à la recherche d'Eliane, loin de s'imaginer ce qui l'attendait.

Denise et Paulette se mirent à discuter avec Pierre et Philippe lorsqu'un hurlement d'effroi se fit entendre depuis l'extérieur.

Tout le monde sortit de la cabane pour voir ce qu'il se passait. Arrivées devant la porte des toilettes, Denise et Paulette, frappées d'horreur, tombèrent sur leurs genoux. Devant elles, dans les bras de Gabin en pleurs, se tenait leur amie Eliane, complètement inerte et dont les vêtements avaient été arrachés. Son corps semblait avoir été roué de coups et son visage, gonflé et quasi méconnaissable, témoignait de la brutalité barbare dont elle avait été victime.

Ce jour-là, la nuit du 28 décembre 1958, mourait Eliane…

## - RETOUR DANS LE PRÉSENT -

### Dimanche matin – Eghezée – Maison de la famille Lahaye.

Les trois cousins n'avaient pas perdu une miette du récit.

- Mon Dieu… mais c'est affreux… murmura Aubin.
- Le club des jeunes a fermé juste après cela et est resté à l'abandon depuis, dit la mère de Harry.

Elle reprit une grande inspiration, semblant retenir ses larmes.

- Bien qu'il se soit reconstruit, qu'il se soit marié et qu'il ait eu des enfants et petits-enfants, Gabin n'a jamais oublié Eliane. Il retournait d'ailleurs tous les 28 décembre à la cabane abandonnée pour y déposer une bougie en mémoire de sa bien-aimée tragiquement disparue.

Une vision traversa l'esprit de Gillian qui se leva brusquement.

- Je suis désolé mais on doit y aller, s'écria-t-il.
- A la cabane ? Hors de question ! réagit aussitôt la mère de Harry.
- Non, non, nous sommes attendus chez moi. J'avais complètement oublié.

Il regarda ses cousins avec insistance.

- Les gars, vous vous rappelez ? On est attendu, leur dit-il avec un regard très soutenu.
- Ah oui, juste, répondit alors Basile, comprenant enfin où voulait en venir Gillian.

Les garçons sortirent de la maison de Harry et commencèrent à discuter tout en marchant.

- Mais bon sang, elle fait froid dans le dos son histoire… lança Aubin. Ça voudrait dire que la jeune femme qui a pris forme dans la fumée des bougies serait cette Eliane qui est morte il y a soixante ans ?!...

- Tu sais moi ce qui me fait froid dans le dos ? s'écria alors Gillian, choqué par la vision qu'il s'empressa de partager à ses cousins. Ce sont les hématomes sur le corps d'Harry. C'est elle…

Les deux frères furent interloqués par les propos de leur cousin.

- Vous ne comprenez pas ? Elle est revenue pour se venger… les coups que Harry porte sur son corps, c'est elle, j'en suis sûr. Et si elle en est morte, alors cela me laisse penser que Harry est en danger…
- Tu fabules là ! Arrête… Ce n'est pas marrant, lui répondit Basile, effrayé.
- Mais je ne rigole pas ! cria alors Gillian.

Les trois cousins se regardèrent.

- Il faut absolument qu'on le retrouve.

Et tous coururent vers la cabane.

Quand ils arrivèrent sur place, ils furent rassurés de voir Harry se tenir debout devant le petit bois.

- Ça va mec ? lui demanda Gillian en lui donnant une tape amicale sur l'épaule.

Mais Harry ne réagit pas. Des larmes coulaient sur son visage.
A proximité du petit bois, son père, qui se trouvait au volant d'un tracteur, manœuvrait.
La cabane en bois venait d'être complètement détruite.

**Le soir-même – Maison de la famille Lahaye**

Harry attendit que ses parents s'endorment avant de se lever délicatement de son lit.
Faisant bien attention à ne pas faire de bruit pouvant les réveiller, Harry s'approcha en direction de son bureau.
Il écarta la chaise sur laquelle reposait sa veste en cuir et s'y assit.
Puis, d'un geste délicat, il alla dans l'une des poches de sa veste et en sortit un objet qu'il déposa sur son bureau.
Il s'agissait d'une bougie qu'il examina minutieusement.
Puis, Harry ouvrit son tiroir et en sortit un briquet.
Un clic se fit entendre et une flamme émergea.
Il approcha celle-ci de la bougie et l'alluma.
Quand cela fut fait, il ne put cesser de fixer la flamme qui semblait danser sur la bougie.
Rapidement, il s'approcha de celle-ci, prit une petite inspiration et souffla dessus. Une légère fumée s'en échappa.
Il n'attendait qu'une seule chose : voir apparaitre la silhouette enfumée de la jeune femme qu'il avait vue la veille.
Mais ce qui s'en échappa ne resta qu'une simple fumée.
Une profonde désillusion se lut sur le visage de Harry.
Attristé à l'idée de n'avoir pu revoir cette femme, il fit à nouveau émerger une flamme de son briquet, alluma une seconde fois la bougie et souffla tout de suite dessus.
Mais là encore, ce qui en sortit ne fut qu'une simple fumée.
Il s'approcha alors de la bougie et, fermant les yeux, renifla celle-ci pour sentir l'odeur particulière qui s'en dégageait.
Ses yeux s'ouvrirent brusquement, laissant entrevoir de la peur.
Son corps resta figé un instant avant de se décontracter à nouveau.
Il se redressa sur sa chaise. Son regard avait changé.

- Enfin ! dit-t-il.

Mais étrangement, la voix qui sortit de sa bouche était devenue bien différente.

La voix était…

… celle d'une femme.

**FIN**

# HIVER

## Journal d'Albert J.

21 décembre 1955

Savez-vous ce que c'est que d'être terrifié, année après année, en vous demandant si elle sera ou non votre dernière en ce bas monde ?
Laissez-moi vous raconter ce mal qui me ronge depuis ma naissance…
Je suis incapable de me rappeler quand exactement, « Il » s'est manifesté.
Peut-être depuis ma naissance…
Cependant, je me rappelle très bien la première fois que je l'ai remarqué.

J'avais 15 ans, et un matin, alors que je me regardais dans le miroir de la salle de bain, j'ai remarqué des cheveux blancs ici et là.
Puis, ces quelques cheveux sont devenus rapidement une mèche et ça ne cessait de se propager semaine après semaine.
Je reçus beaucoup de moqueries à l'époque. Certains m'appelaient « le vieux ».
C'était très difficile pour moi… cela a été une dure période.
C'est d'ailleurs la raison pour laquelle j'ai commencé à me teindre les cheveux.
A 15 ans, vous imaginez ?
Ce que j'avais honte… Mais je préférais cela aux moqueries.

A 20 ans, le fait de les teindre ne suffisait plus. Je me suis carrément mis à les perdre. Je l'ai remarqué un matin en me réveillant. Mon oreiller en était rempli.
Ils ne sont pas tous tombés, du moins pas cette année-là. En fait, pas avant mes 24 ans. Heureusement pour moi, ils repoussent dès l'arrivée du printemps. Je les laisse d'ailleurs pousser le reste de l'année, tellement heureux d'avoir à nouveau des cheveux. Mais les cheveux ne sont pas le seul

symptôme de son arrivée…

Le second symptôme se situe au niveau de la peau. Elle change de couleur : en automne, elle rougit et certaines taches brunes apparaissent ici et là sur mon corps. En hiver, la pigmentation de ma peau s'estompe et devient pâle. Il y a quatre ans, elle était devenue blanche pour la première fois. Un vampire, voilà à quoi je ressemble en hiver dorénavant.

Le troisième symptôme est la chaleur de mon corps. Celle-ci baisse avec l'arrivée de l'hiver, accompagnée de tout ce que cela peut entraîner.

Enfin, le dernier symptôme est la fatigue. Année après année, dès que l'hiver arrive, je sens mon corps s'affaiblir et cela s'intensifie avec l'âge.

Aujourd'hui, mes derniers cheveux viennent de tomber, la couleur de ma peau s'estompe, la température de mon corps est passée de 36.5°C début du mois à 34°C ce matin et la fatigue se fait déjà ressentir tout doucement.

Aujourd'hui, débute l'hiver. Et avec lui, ce qui me terrifie tant…

Aujourd'hui, ce « Mal », dont l'hiver est devenu synonyme, revient me ronger, telle la mort qui s'invite en moi.

25 décembre 1955

C'est Noël et aujourd'hui, j'ai passé la journée en famille. Ce que j'étais content de les retrouver. Cela fait depuis très longtemps maintenant qu'ils ont cessé de se questionner sur ce qui m'arrivait. D'ailleurs, aucun médecin n'a jamais pu expliquer à mes parents quoi que ce soit sur ce « Mal ». Un cas unique, disaient-ils.

Pour dîner, ma mère a préparé une dinde farcie au foie gras avec des pommes de terre rissolées et de la salade. Tout cela me paraissait excellent... mais je perds de plus en plus d'appétit.

J'ai reçu une chaude couverture de la part de mes sœurs, et de ma mère, des moufles et une écharpe qu'elle avait tricotée. Je ne pouvais rêver mieux pour pouvoir le vaincre, cette année encore.

31 décembre 1955

Je passe le Nouvel An chez mon père aux Pays-Bas. Il nous a préparé un apéritif, une entrée, un plat et un dessert. Malheureusement, je me suis arrêté à l'entrée. Je n'ai plus du tout d'appétit...

Les feux d'artifice scintillaient de tous les côtés de la ville et le grand feu se trouvant sur la plage de Scheveningen a brûlé pendant près de deux heures. Un tourbillon a même surgi des flammes un moment.
J'adore cette soirée sur la plage. Non seulement pour le spectacle que le grand feu nous offre et ce moment en compagnie de mon père et de mes sœurs, mais aussi et surtout, pour cette chaleur qui parvient, l'espace d'un instant, à me réchauffer.

14 janvier 1956

Les premières chutes de neige font leur apparition. Et comme chaque fois, apparait sur ma peau cette fine pellicule blanche comme la neige et froide comme la glace.

Comme d'habitude, cette fine pellicule est accompagnée de douleurs aux genoux et, de manière générale, à toutes mes articulations, m'obligeant à reprendre ma vieille canne.
A croire que j'ai de l'arthrose… et pourtant je n'ai que 34 ans.

J'ose à peine imaginer les prochains jours…

23 février 1956

J'ai lu dans la presse que cet hiver 1956 est marqué par une vague de froid exceptionnelle et des records de températures négatives. La Meuse serait même gelée, comme il y a deux ans. J'ai d'ailleurs entendu dire que des Namurois s'amusaient à patiner sur le fleuve glacé.

Pour ma part, j'ai beaucoup dormi ces derniers jours.
La fatigue me prend de plus en plus et plus rapidement encore que l'année passée.
Je m'endors même dans la crainte de ne pouvoir me réveiller.
Cela dure depuis des jours à présent et je suis à bout…

29 février 1956

J'ai de plus en plus de mal à écrire.
C'est comme si je m'affaiblissais jusqu'à me retrouver dans un état de fatigue extrême, un état de mort, une lutte sans merci dans laquelle mon seul but est de survivre et de voir l'arrivée du printemps pour enfin renaître.

En attendant, « Il » est là, je le sens.

« Il » me nargue…

13 mars 1956

Je suis si fatigué, si faible.
Quand pourrai-je enfin me libérer de ce « Mal » qui me ronge ?
Plus que quelques jours avant la délivrance…
Mais pourrais-je y parvenir cette fois ?
Arriverais-je à survivre jusque-là ? J'en doute !

Ce Mal, ce froid, ces frissons sont de plus en plus atroces…

Il me semble qu'« Il » est encore plus terrible que les années précédentes.
« Il » me terrifie, « Il » n'a jamais cessé de me terrifier…

15 mars 1956

La nuit dernière, j'ai entendu un craquement comme un arbre qui, par la violence de la tempête de neige qui sévissait dehors, venait d'être déraciné.
Aussi, le chauffage ne fonctionne plus très bien et bien que la fenêtre et la porte restent bien fermées, le froid est omniprésent. Celui-ci s'engouffre probablement par la cheminée.
Il est glacial et envahit la maison, accompagné de cette singulière peur qui me colle sans cesse depuis le 21 décembre. Je sais que c'est à cause de « Lui » que je me retrouve dans cet état. Mon corps tout entier me le prouve. Celui-ci ne cesse de trembler, je ne peux plus le contrôler. Mes os aussi ne peuvent s'empêcher de trembler.

Ce « Mal » qui m'imprègne n'est pas dû au froid. Non. Ce Mal qui me ronge ainsi, au point de faire trembler toutes les cellules de mon corps, c'est cette chose… c'est « Lui », cela a toujours été « Lui ». « Il » me veut depuis toujours, « Il » m'invite, me force et désire plus que tout s'emparer de moi. Mais j'en viendrai à bout, comme j'ai réussi à le faire depuis toujours.

La nuit tombe. Le froid s'engouffre de plus belle et j'entends une grosse bourrasque frapper la maison. Mon corps n'arrête pas de s'affaiblir de minute en minute.
Depuis bientôt trois mois, la fatigue de l'automne avait laissé place à la mort de l'hiver.

Mais je continue de lutter, comme je l'ai toujours fait.

20 mars 1956

J'ai vraiment du mal à écrire.

Mais je suis content car le grand jour est arrivé. Je suis partagé entre une joie de pouvoir renaître dans quelques minutes et la peur de ne pas voir le jour se lever. Il ne me reste plus que quelques heures à tenir… mais qu'est-ce qu'il fait froid.

A cet instant, je ne pense plus qu'à une chose, l'été. Rien qu'en y repensant, je peux sentir les rayons du soleil me réchauffer. J'ai bon.

Je sens mes paupières s'alourdir…

Non ! Il faut que je reste éveillé.

Mais j'ai de plus en plus de mal à lutter contre cette fatigue…

J'ai aussi de plus en plus de mal à respirer.

C'était clair, cette année, « Il » était plus destructeur que jamais.

Je le redoutais tellement.

Je l'avais redouté plus encore que la mort elle-même car il en était le synonyme.

Allais-je y survivre encore cette année ?

Ou s'agissait-il de l'Hiver qui m'emporterait ?

A cette question, mon corps me répond par un mal de gorge comme si des lames de rasoir s'y étaient introduites... Je n'en peux plus.

Je suis abattu. Abattu de voir qu'« Il » ne m'a pas oublié.

Cela fait 34 ans qu'« Il » ne m'oublie pas.

Pourquoi faut-il que « tout cela » me poursuive au fil des ans ?

Qui puis-je donc bien être ?

Pourquoi moi ?

Cette question me rend malade… Je me la pose depuis mon plus lointain souvenir, gardant l'intime espoir qu'un jour, « tout cela » finira…

Mais quand « cela » va-t-il donc finir ? Jamais, je le crains.

Cette année encore, « Il » est là, accroché à l'hiver comme un virus, « Il » s'est de nouveau emparé de moi.

Je me sens plus faible que jamais.
Autant lorsque j'étais jeune, je le sentais à peine, je ne m'en souciais guère. Autant avec l'âge, il s'est accru et moi affaibli.

Le vent ne cesse de frapper contre la fenêtre.
Je sens mon corps s'alourdir, tous mes muscles sont contractés.
Bon sang que j'ai mal…
Je regarde à nouveau le calendrier. Celui-ci affiche la date du 20 mars. L'horloge indique minuit moins cinq… et toujours cette lutte perpétuelle.
Mais pourquoi donc ? Pour encore devoir le combattre l'Hiver prochain ?
Et même si j'y parvenais, il y aurait encore celui de l'Hiver d'après…

Je sens mes paupières s'alourdir, ma respiration s'affaiblir et mes forces me quitter. Je sens que je n'ai plus la force de lutter… Je vais m'allonger sur mon lit.

Ai-je finalement décidé de mourir ?

Peut-être bien…

**FIN**

# BLACK HOLE

**Octobre 1939 – Dublin (Irlande) – Manoir de l'oncle Aaron.**

Mon père étant décédé l'année passée, ma mère, tombée gravement malade, avait demandé à son frère aîné de bien vouloir s'occuper de nous, tandis qu'elle allait être hospitalisée et surtout car la rumeur disait qu'Adolph Hitler préparait l'invasion de la Belgique.
Ainsi, après un long voyage depuis la campagne condruzienne, mon frère Benjamin, ma sœur Lydia et moi arrivâmes au manoir de notre oncle.
La propriété était immense et appartenait à Aaron Costello, ou Oncle Aaron, comme nous l'appelions. Âgé de plus de septante ans, il avait fait fortune dans l'import-export. Je dois avouer que lorsque je vis le manoir en question pour la première fois, je n'eus guère envie de m'y installer. Les châssis étaient d'un brun très foncé et la bâtisse donnait vraiment l'impression d'être hantée.
Nous fûmes accueillis par Miss Wallace, la domestique qui travaillait pour oncle Aaron depuis de très nombreuses années et qui parlait parfaitement français. Après avoir déposé nos affaires dans nos chambres, nous descendîmes dans la salle à manger et nous nous installâmes autour de la table pour le souper. Oncle Aaron n'était pas encore là. En l'attendant, nous ne pouvions qu'admirer l'étrange décoration de la pièce. Celle-ci était constituée de tableaux, de masques et d'armes provenant des pays où oncle Aaron avait voyagé au cours de sa carrière.
Ce dernier fit son apparition à 18h00 précise.
Maman nous avait prévenus qu'il s'agissait d'un homme assez froid, particulièrement ponctuel et qui n'aimait guère la conversation. Toutefois, avec nous, il se montra plus enclin à s'ouvrir.

- Bien ! dit-il en joignant ses mains au-dessus de la table tout en nous observant chacun à notre tour. Avant de manger, j'aimerais vous faire part de certaines règles à respecter dans cette maison, dit-il d'un ton très sérieux. Premièrement, je n'accepterai aucun retard à l'heure des repas. Deuxièmement, j'attends de vous que vous vous comportiez de manière irréprochable. On ne crie pas, on ne court pas et on ne me dérange pas lorsque je travaille.

Oncle Aaron avait tellement peur de la retraite et de ne plus pouvoir occuper son temps libre qu'il s'était mis à peindre des tableaux qu'il vendait assez cher chez des particuliers.

- Et pour finir, ajouta-t-il, et c'est la règle la plus importante ; personne, je dis bien « personne », accentua-t-il en me regardant, visiblement au courant de ma grande curiosité naturelle, ne doit s'aventurer dans le couloir de l'aile ouest du second étage. Est-ce bien compris ?
- Oui Oncle Aaron, lui répondis-je, suivi rapidement par Lydia et Benjamin.
- Très bien, dit-il en déposant sa serviette sur ses jambes. Maintenant, faites les présentations ! Cela fait plusieurs années que je n'ai plus eu de nouvelles de vous et ma mémoire me joue des tours ces temps-ci.

Je commençai les présentations.

- Moi c'est Magali, lui dis-je. J'ai seize ans, je suis l'aînée de la famille et au nom de mon frère et de ma sœur, je tenais à vous remercier de votre hospitalité.
- Je t'en prie, après tout, nous sommes du même sang et chez les Costello, la famille passe avant tout, dit-il sans expression sur le visage. Et toi ?

Mon frère, de nature très timide, était nerveux.

- Je… je suis Benjamin Monsieur.
- Je t'en prie, appelle moi Oncle Aaron. Et quel âge as-tu ?
- Je vais avoir douze ans Monsieur. Pardon... Oncle Aaron…

Oncle Aaron lui renvoya un sourire semblant vouloir rassurer Benjamin.

- Et toi ? dit-il en posant son regard sur ma jeune sœur.
- Moi c'est Lydia ! lui répondit-elle énergiquement avec le sourire. Et j'ai huit ans et demi.
- Bien ! Enchanté.

Il fit signe à Miss Wallace. Cette dernière arriva avec le chariot sur lequel reposaient nos assiettes.

- Je vous souhaite un bon appétit, dit Oncle Aaron.

Tandis que nous mangions tous le succulent souper que nous avait préparé la servante, Lydia se pencha vers moi.

- A ton avis, que peut-il y avoir au 2ème étage ? dit-elle en chuchotant.
- Je n'en sais rien, lui répondis-je sur le même ton. Termine de manger.

Lorsque la nuit fut tombée, ma sœur et moi nous installâmes dans une chambre, tandis que Benjamin s'installa dans celle d'en face. Il ne semblait pas ravi d'être là.

- Maman me manque… me dit-il alors que je venais lui souhaiter bonne nuit.
- Tu sais bien que maman ne peut pas venir nous chercher avant un long moment, lui répondis-je.

Puis, après avoir bordé ma petite sœur jusqu'à ce que cette dernière s'endorme, je m'allongeai à mon tour dans mon lit.
Le calme régnait et l'éclat de la lune à travers la vitre me permettait d'observer les parois des murs et du plafond.
Je fus alors surprise de constater que le plafond était fissuré à certains endroits. Je vis ensuite une toile d'araignée s'engouffrer dans l'une d'elles, comme si quelque chose l'avait aspirée.
Mais très vite, la fatigue me submergea et je tombai dans un profond sommeil.

Le lendemain matin débuta sur les chapeaux de roues.

- Allez, dépêche-toi, dis-je à Lydia qui traînait à s'habiller. Le petit déjeuner est à 7h30. Tu as entendu Oncle Aaron hier, il déteste les retards. Ce serait dommage de le froisser dès notre premier jour chez lui.
- Oui ça va… je me dépêche, dit-elle en terminant d'enfiler son pull.

Benjamin était déjà descendu, suivant mon conseil.
Lydia et moi descendîmes les escaliers aussi vite que nous le pouvions et nous arrivâmes dans la salle à manger où nous attendaient déjà Benjamin et Miss Wallace.

- Ouf ! Il n'est pas encore là... dit alors Lydia, soulagée.
- C'est bien mal me connaître, lui répondit une voix derrière nous. Il me semble que je vous avais fait part de mes attentes en termes de ponctualité. Il est 7H35.
- Je suis désolé, répondis-je à Oncle Aaron, quelque peu essoufflée. Cela ne se reproduira plus.
- C'est bon pour cette fois, mais c'est bien parce que c'est le premier jour, me répondit-il. La prochaine fois, pas de petit déjeuner. Les conséquences, voilà ce qui forge le caractère et favorise l'apprentissage. Déjeunons à présent.

Oncle Aaron, bien que distant et froid, me fascinait. Il dégageait une telle aura que je ne pouvais qu'être d'accord avec lui. C'est sans doute cela qui m'aida à me familiariser très vite avec ce nouvel environnement et ces nouvelles règles.

Après le petit-déjeuner, nous montâmes dans notre chambre. Lydia proposa rapidement de jouer à cache cache.

- Tu comptes… me dit-elle.

Je me retournai, mis mes mains sur mon visage et commençai à compter.

- 1… 2… 3… 4…

J'entendis Benjamin et Lydia courir hors de la chambre et partir ici et là trouver la meilleure cachette possible.

- … 17… 18… 19… et 20 ! Prêts ou pas, j'arrive, criai-je

alors.

Je quittai la chambre et me mis à chercher dans les pièces voisines.

Je trouvai rapidement Benjamin qui aimait se cacher derrière les portes.

Mais Lydia, qui était une vraie professionnelle du cache-cache, était toujours introuvable après quinze minutes.

Je demandai même l'aide de Benjamin.

Il s'occupa du rez-de-chaussée tandis que je revérifiai à nouveau les pièces des étages.

Soudain, une inquiétude s'empara de moi.

- Pourvu qu'elle n'ait pas été dans le couloir ouest du deuxième étage.

Mais il ne restait plus que cet endroit dans la maison où je n'avais pas encore cherché.

Lentement, je me dirigeai dans ce fameux couloir.

- Lydia… m'écriai-je à voix basse. Je te rappelle que nous ne sommes pas supposés venir ici. Si tu y es, sors vite. De toute façon, tu as gagné, ajoutai-je.

Mais personne ne répondit.

Sur ma gauche se trouvait une porte, la seule du couloir.

Dès l'instant où je m'étais retrouvée en face d'elle, une étrange sensation s'était emparée de moi. C'était comme si, inexplicablement, quelque chose en moi voulait que j'y entre.

Je ressentais clairement un véritable besoin d'y pénétrer.

Je regardai à droite puis à gauche, pour m'assurer de ne pas être vue et tournai la poignée.

Celle-ci s'ouvrit difficilement.

Je respirai profondément, pris mon courage à deux mains et poussai la porte pour entrer dans cette mystérieuse pièce interdite.

C'était incroyable. La pièce était littéralement remplie de tableaux, de peintures, de statues et d'objets artistiques en tout genre. Sur les murs étaient accrochés des dizaines et des dizaines de tableaux.

Tous étaient visibles à l'exception d'un seul. Le tableau en

question, pour je ne sais quelle raison, était recouvert d'un grand drap noir, comme si on voulait le cacher.
Le drap semblait même être collé à ladite peinture.
La curiosité me gagna, et j'en oubliai le fait de retrouver ma sœur. Une seule chose comptait à présent : savoir ce qu'il y avait derrière ce drap.
Lentement, je m'approchai de la peinture.
Je remarquai qu'un monticule de poussière reposait à l'endroit sous lequel était accroché le tableau.
Je tendis la main droite pour retirer le drap noir et faire apparaître l'œuvre mais dès l'instant où ma main s'y posa, une voix grave retentit dans la pièce.

- JE VOUS AVAIS POURTANT AVERTIS DE NE PAS VENIR ICI ! cria Oncle Aaron, accompagné de Miss Wallace, qui tenait Lydia et Benjamin par la main.

Il se précipita vers moi, m'agrippa par le bras et me fit sortir de la pièce.
Il était furieux.

- Miss Wallace, veillez bien à ce que ces trois vilains garnements prennent conscience du mot « conséquence », lui dit-il avant de fermer la porte de la pièce aux tableaux à double tour.

Il partit alors vers les escaliers, rangeant la clé dans sa poche.

- Pourquoi tu es venue ici ? me demanda Lydia, les larmes aux yeux.
- Je te cherchais figure-toi, lui répondis-je quelque peu irritée.

Miss Wallace, qui était la plus gentille femme que j'avais rencontrée, nous expliqua que pour tout non respect d'une des trois règles, une conséquence s'imposait. Pour la plus importante de toutes, la conséquence l'était tout autant.
Ainsi, pendant près d'un mois, nous fûmes contraints de nettoyer, tous les jours, toutes les pièces de la maison. D'habitude, Miss Wallace le faisait une fois par semaine. Le seul bénéfice de cette punition fut que Miss Wallace eut plus de temps pour nous préparer de bons petits plats, des gâteaux

et autres pâtisseries.
Bien entendu, j'étais retournée m'excuser jour après jour, semaine après semaine auprès d'Oncle Aaron mais étrangement, celui-ci semblait très contrarié.
Cet incident eut d'autres répercussions puisque Lydia et Benjamin m'en voulurent pendant des jours, n'acceptant plus de me parler ou que je joue avec eux.
Ce furent les pires semaines de ma vie.
Au bout d'une trentaine de jours, Oncle Aaron daigna accepter mes excuses et leva la conséquence. Comme si de rien n'était, Benjamin et Lydia revinrent renouer des moments de complicité avec moi. Je ne leur en voulu pas. Après tout, je ne pouvais m'en prendre qu'à moi-même. Mais au fond de moi, malgré cette situation et cette conséquence, je n'avais pas oublié cette sensation, cette pièce, ce tableau. Il fallait que je retourne voir ce qui était à l'origine de cette énigmatique attraction.

Ainsi, une nuit, alors que Lydia dormait profondément, je sortis du lit sans faire le moindre bruit et quittai la chambre. Je descendis une volée d'escalier et me dirigeai vers la chambre d'Oncle Aaron.
J'étais persuadée qu'il y cachait la clé de la porte de la fameuse pièce aux tableaux. Oncle Aaron laissait systématiquement la porte de sa chambre ouverte. Je m'y engouffrai donc facilement, bien que mon cœur ne cessât de battre de plus en plus vite et de plus en plus fort. Du moins, c'est ce que je ressentais. J'étais à la fois excitée par ce que je faisais et terrifiée à l'idée qu'Oncle Aaron ne se réveille. Je m'approchai lentement de la table de chevet. Si la clé ne s'y trouvait pas, pensai-je, alors j'oublierai une bonne fois pour toutes cette histoire de tableau. Tout en prêtant attention à Oncle Aaron, qui semblait dormir profondément, j'ouvris délicatement le tiroir de sa table de chevet. Sur un livre était posée une clé. Je la reconnus aussitôt.
Je m'empressai de la prendre, refermai le tiroir aussi

délicatement que je l'avais ouvert et fis demi-tour, quittant ainsi la chambre, en silence.

Je la tenais. Enfin.

Toujours dans la plus grande discrétion, je montai en direction du deuxième étage. Je pris ensuite l'aile ouest et me plaçai devant la porte de la pièce aux œuvres d'art.

J'ouvris la porte et entrai en prenant bien soin de la fermer derrière moi. J'avais songé à prendre avec moi une lampe à huile que j'allumai aussitôt. La pièce n'avait pas changé. Tout était resté à la même place. Mon regard se posa alors sur le mystérieux tableau recouvert entièrement par un drap noir qui semblait toujours être collé à même celui-ci.

Je m'en approchai. Mon cœur battait de plus en plus fort. J'allais enfin découvrir ce qu'il cachait.

Je saisis le drap et le renversai au sol.

Le tableau que je découvris était relativement grand et je dû prendre du recul pour pouvoir l'admirer dans son ensemble. Ce n'était rien d'extraordinaire. Il s'agissait grossièrement d'un anneau de couleur rouge et jaune sur un fond noir.

- Franchement, il n'y a rien d'exceptionnel, dis-je à voix haute.

Soudain, la flamme de ma lampe à huile s'éteignit comme si quelqu'un venait de souffler dessus.

Puis, je perçus des petits bruits émanant d'un peu partout dans la pièce. A côté de moi, plusieurs peintures se mirent à trembler. Je n'étais pas rassurée par ce qu'il se passait.

Brusquement, une peinture de petite taille, qui se trouvait à l'opposé traversa la pièce et se fit absorber par le tableau en question.

J'en avais des frissons. L'angoisse s'empara de moi.

Tour à tour, tous les objets de la pièce se mirent à se diriger inexplicablement vers le mystérieux tableau.

Prise de panique, je voulus quitter la pièce mais l'attraction qui émanait du tableau avait totalement pris le contrôle de mon corps.

J'étais complètement immobilisée.

Une lutte acharnée débuta.
Je parvins tout de même à me retourner en direction de la porte. Mais je ne parvenais pas à avancer. Mes pieds glissaient sur le sol. Pire, mon corps reculait peu à peu.
Le mystérieux tableau m'attirait vers lui.
Je tentai de résister de toutes mes forces contre cette attraction mystérieuse mais elle était bien trop puissante.
Je me mis alors à hurler, espérant que quelqu'un m'entende et vienne me délivrer de ce cauchemar.

- ONCLE AARON, MISS WALLACE, … AIDEZ-MOI ! hurlai-je d'effroi.

Mais rien ne sortit de ma bouche.
En fait, je n'entendais plus rien du tout.
Pas même le bruit de mes pas, ni celui des autres peintures qui se décrochaient un par un et qui plongeaient au cœur du tableau cauchemardesque.
C'était à croire que le son lui-même était absorbé par lui.
Pourquoi avait-il fallu que je succombe à cette fichue curiosité ?
Je m'acharnai et tentai de repousser cette force mais je n'y parvenais pas. Je reculai toujours.
J'étais tétanisée par ce qui était en train de m'arriver…
Que faire ? Comment s'en sortir ?
La force était de plus en plus puissante à mesure que je m'approchai du tableau.
Et à force de résister, chaque partie de mon corps commençait à me faire mal. La douleur devenait de plus en plus forte.
Mais il fallait que je tienne bon.
Brusquement, une douleur atroce émana de ma jambe. Mon genou venait de se tordre et avait probablement entraîné une rupture des ligaments croisés.
Je sentis mon genou continuer à se tordre, ce qui ne faisait qu'amplifier la douleur. Je criais toujours mais personne ne semblait m'entendre car personne ne venait à mon secours.
Mon regard se posa sur le reste de la pièce pour voir si je

pouvais m'accrocher à quelque chose, n'importe quoi.
Je pris alors conscience que plus aucun objet dans la pièce n'était à sa place. Pire, il ne restait plus rien du tout. Le tableau avait tout englouti.
La douleur et la peur étaient telles que j'en vins à en avoir les larmes aux yeux.
Ce fut au tour de mon bras de connaître la conséquence de cette force dévastatrice qui m'attirait vers le tableau.
Mes os se brisaient les uns après les autres.
Je luttai encore et toujours mais la fatigue finit par surgir.
Elle avait de plus en plus raison de moi.
Je n'étais plus, à présent, qu'à moins d'un mètre de ce monstrueux tableau.
Je décidai alors, dans un effort surhumain, de me retourner à nouveau pour faire face au tableau.
« Que se passait-il ? Comment tout cela était possible ? »
Mon regard se posa alors sur l'espace réservé à la description du tableau et je vis l'inscription sous celui-ci :

*« Trou Noir » - Origine : Namur (Belgique) 1932. Artiste inconnu. Donation de Monsieur Edouard Van den Berg »*

Cela se pouvait-il ?
Non, une telle chose ne pouvait tout simplement pas exister.
Pourtant je devais m'y résoudre, j'étais bel et bien en train de vivre un cauchemar.
Mes pieds commencèrent alors à se décoller du sol… Mon corps tout entier s'envola et j'eus juste le temps de m'agripper sur l'un des rebords du tableau pour ne pas être entièrement engloutie.
Ma vie ne dépendait à présent que de la force du seul bras dont les os ne s'étaient pas brisés.
Toute la partie inférieure de mon corps avait déjà sombré au cœur du tableau.
L'attraction était de plus en plus forte.
Le sol de la pièce se fissurait aussi.

Mon bassin s'engouffra à son tour suivi d'une partie de mon ventre.
Le tableau continuait de m'assimiler tout entière…
Bientôt, il ne resta plus que ma tête et mes bras agrippant le mur sur lequel était accroché le tableau.
Je sentis alors ma tête basculer de force en arrière.
Je ne pouvais plus tenir le coup.
Des larmes coulèrent sur mon visage.
Je m'en rendais compte, c'était la fin…
Mes bras s'épuisèrent et je finis par lâcher prise…

Je me sentis alors plonger dans les ténèbres...
Mes paupières s'alourdirent, mon corps s'appesantit et la douleur s'évanouit…

Le lendemain matin, lorsque Lydia se réveilla, elle fut surprise de ne pas voir Magali.

- Benjamin, tu as vu Magali ? demanda-t-elle à son frère.
- Non, lui répondit-il. Elle est sûrement déjà descendue.

Lorsque Benjamin et Lydia descendirent dans le salon, ils furent à nouveau surpris et inquiets de ne pas retrouver leur chère sœur.

- Oncle Aaron, tu as vu Magali ? demanda alors Benjamin.
- Non, lui répondit son oncle, tout aussi étonné de ne pas l'avoir vue descendre avec son frère et sa sœur. Allez regarder dehors, elle est peut-être dans le jardin.

Les deux jeunes enfants partirent donc à la recherche de leur sœur dans le jardin. Mais Oncle Aaron eut un mauvais pressentiment et monta directement dans sa chambre.

Il ouvrit le tiroir de sa table de chevet. La clé se trouvait à l'emplacement exact où il l'avait laissée. Mais cela ne l'empêcha pas d'être rassuré. Il prit la clé et monta à l'étage supérieur.

Oncle Aaron, dont l'inquiétude avait laissé place à une terrible angoisse ouvrit la porte et entra dans la pièce.

Les tableaux qui la remplissaient n'avaient pas bougé d'un pouce. Et le grand tableau du fond était toujours recouvert de son drap noir…

**FIN**

# EPILOGUE

**1986 – Village d'Eghezée**

Malgré l'heure tardive, un inspecteur de police sonna à la porte d'une vieille maison, située Route de Gembloux, à proximité du rond-point du Cheval Blanc, dans le village d'Eghezée.

Après quelques instants d'attente, la porte s'ouvrit, laissant apparaître un vieil homme en pyjama.

- Ah, Nicolas Lambert ! dit le vieil homme. Que me vaut le plaisir ?
- Bonsoir Edouard, lui répondit l'inspecteur de police. Je suis désolé mais tu sais que je ne t'aurais pas dérangé si ce n'était pas important.
- Bien sûr ! Ne reste pas là, entre.

Edouard Van Den Berg était un vieil homme étrangement bien conservé pour son grand âge. Il était connu pour avoir élucidé plusieurs cas lorsqu'il avait la charge du Département des Affaires Spéciales de la Gendarmerie. Il avait également été le mentor de l'inspecteur Lambert plusieurs années auparavant.

Les deux hommes s'assirent dans la cuisine.

- Du café ? proposa Edouard.
- Volontiers, lui répondit l'inspecteur.
- Alors Nicolas, je t'écoute. Pourquoi es-tu venu me voir ? Qu'y a-t-il de si important qui nécessite ta venue à cette heure-ci ?
- Je n'irai pas par quatre chemins. Nous avons retrouvé un corps inanimé aujourd'hui à Durbuy. De plus, un policier a été retrouvé grièvement blessé et sa collègue a mystérieusement disparu. Dans sa déposition, le policier dit avoir été attaqué par un homme aux yeux noirs. L'histoire semble farfelue mais elle m'est familière. La seule mention d'une personne aux yeux noirs dans un contexte similaire est relatée dans ce vieux livre poussiéreux à la couverture noire que tu m'as fait lire un jour : « Black Eyes ».

- Je le savais… JE LE SAVAIS ! s'écria l'homme.
- Tu savais quoi ? l'interrogea l'inspecteur.

Edouard réfléchit quelques instants avant de se lever de sa chaise.

- Attends-moi ici, je reviens tout de suite, répondit-il précipitamment.

Et il quitta la pièce.

Quelques minutes plus tard, il redescendit avec une caisse. Il la posa sur la table de la cuisine, l'ouvrit et en sortit plusieurs livres poussiéreux et usés. Il semblait en chercher un en particulier.

L'inspecteur regarda de plus près les livres qu'Edouard déposait les uns après les autres sur la table. « Poland Syndrome », « Nightmare », « L'Inconnu » ou encore « Bruit » étaient les titres qui figuraient sur la couverture de ceux-ci.

Puis, Edouard sortit un livre avec une couverture en cuir noir qui s'intitulait « Black Eyes » et le tendit à son ami.

L'inspecteur saisit le livre et le parcourut.

L'histoire coïncidait étrangement avec la déposition de son collègue.

- Se pourrait-il que l'homme aux yeux noirs qui a agressé mon collègue à Durbuy ait pris connaissance de ce livre ? demanda l'inspecteur à son vieil ami.
- Impossible ! Ce livre est un tirage unique, ainsi que tous ceux se trouvant dans cette caisse. Et ils m'appartiennent depuis très, très longtemps. Ils ne m'ont jamais quitté depuis le jour où je les ai … eus en ma possession. Ça, dit-il en montrant la caisse, un tableau, un projecteur de cinéma et quelques autres bricoles.
- As-tu parlé de ce livre à quelqu'un ? demanda alors l'inspecteur.
- A part toi aujourd'hui, jamais.

L'inspecteur regarda l'homme avec attention.

Edouard, quant à lui, posa son regard vers les livres s'étalant

devant lui.
Son visage se durcit.

- Maudits Obscuras, murmura-t-il.
- C'est quoi ça, Obscuras ? demanda l'inspecteur.

Edouard reprit le livre des mains de l'inspecteur.

- J'ai longtemps pensé qu'il s'agissait d'un mythe. « Obscuras » est le nom qu'a donné l'auteur de ces livres à ses personnages ou objets, tous dotés de facultés surnaturelles, répondit-il.

Sur ce, Edouard retira de la caisse plusieurs articles de journaux et les posa en face de l'inspecteur. Ces articles parlaient tous d'évènements étranges. Les plus anciens remontaient aux années 1920.
Edouard sembla chercher un article en particulier.
Lorsqu'il le trouva, il en lut un passage.

- « Un homme d'une trentaine d'année, aux yeux complètement noirs selon les témoins, aurait terrorisé un village dans les Ardennes », dit-il. « Son corps aurait été retrouvé quelques jours plus tard. Ses yeux étaient normaux ». « Une femme enceinte du village aurait, quant à elle, disparu le même jour ». Il s'agit d'un article datant de 1965.

Il prit le second article accroché au premier.

- Quelques jours plus tard, on pouvait lire dans le même quotidien : « Le corps de la jeune femme a été retrouvé. Selon les experts, elle serait morte en donnant naissance à son bébé en pleine forêt. Le bébé qu'elle portait n'a quant à lui pas été retrouvé, probablement dévoré par les animaux. ».

Il prit un autre article

- La toute première référence à un mystérieux individu aux yeux noirs est relatée dans cet article. Il aurait été aperçu dans la région namuroise dans les années 30. C'est le même schéma qui se répète à chaque fois. Un individu aux yeux noirs, un meurtre et une disparition.

L'inspecteur Lambert reprit le livre et regarda à l'intérieur.

Après l'avoir rapidement feuilleté, il vit une inscription au bas de la dernière page.

- « Oscar » dit-il. C'est l'auteur des livres ? Tu sais où je peux le trouver ? ajouta-t-il.

Un long silence s'installa dans la pièce.

Puis, Edouard se leva de sa chaise, alla chercher sa pipe qui se trouvait non loin de là et se rassit. Tandis qu'il mettait le tabac à l'intérieur, il répondit à l'inspecteur qui attendait toujours une réponse à sa question.

- Il est mort il y a des années de cela … et d'une bien triste manière qui plus est.
- Comment ça ? demanda l'inspecteur en portant la tasse de café à ses lèvres.

Edouard tira plusieurs coups sur sa pipe avant de regarder à nouveau la caisse de livres.

Il semblait de plus en plus nerveux.

- Parce que c'est moi qui l'ai tué... lui répondit-il finalement.

L'inspecteur s'arrêta net. Il regarda Edouard, surpris par cet aveu.

- Pardon ?
- Et ce n'est pas cela le pire… reprit Edouard qui semblait revivre l'instant criminel.
- Parce qu'il y a pire que d'avoir tué un homme ? dit alors l'inspecteur en déposant sa tasse sur la table, consterné par ce qu'il venait d'entendre.

Edouard leva les yeux vers l'inspecteur. Ceux-ci étaient larmoyants.

- Oscar était mon frère…

**FIN**

# LES OBSCURAS REVIENDRONT …

# A PROPOS DE L'AUTEUR

Né en 1988, à Bruxelles (Belgique), Corentin F. J. Dubuisson écrit ses premières nouvelles pendant l'été 2012, à la suite de ses études à l'EICAR, école internationale de cinéma et de télévision, située à Paris. Les *« Obscuras »*, nom qu'il donne à ses personnages et objets dotés de facultés surnaturelles, voient le jour.

S'inspirant de ses rêves, de son expérience personnelle ou encore de réels faits divers, les histoires des Obscuras connaissent très vite un certain succès auprès de son entourage, d'où l'idée de publier ce recueil de nouvelles.

Printed in Poland
by Amazon Fulfillment
Poland Sp. z o.o., Wrocław

67208996R00072